U0558192

70年的变迁

东莞商人成功密码

卢忠光◎著

南方出版传媒
花城出版社
中国·广州

图书在版编目（CIP）数据

70年的变迁，东莞商人成功密码 / 卢忠光著. -- 广州：花城出版社，2019.10
ISBN 978-7-5360-9016-3

Ⅰ. ①7… Ⅱ. ①卢… Ⅲ. ①报告文学－中国－当代 Ⅳ. ①I25

中国版本图书馆CIP数据核字(2019)第222825号

出 版 人：肖延兵
责任编辑：李 谓　安 然
技术编辑：薛伟民　凌春梅
内文摄影：卢 政
装帧设计：林 希

书　　名	70年的变迁，东莞商人成功密码 70 NIAN DE BIANQIAN DONGGUAN SHANGREN CHENGGONG MIMA
出版发行	花城出版社 （广州市环市东路水荫路11号）
经　　销	全国新华书店
印　　刷	佛山市迎高彩印有限公司 （佛山市顺德区陈村镇广隆工业区兴业七路9号）
开　　本	787 毫米×1092 毫米　16 开
印　　张	13.5　1 插页
字　　数	230,000 字
版　　次	2019 年 10 月第 1 版　2019 年 10 月第 1 次印刷
定　　价	48.00 元

如发现印装质量问题，请直接与印刷厂联系调换。
购书热线：020 - 37604658　37602954
花城出版社网站：http://www.fcph.com.cn

目 录
contents

上篇：城市巨变——

不一样的东莞

1. 东莞三件宝：莞盐、莞香和莞草…………003

2. 莞糖与东莞"老字号"…………010

3. 爆竹声中的产业涅槃…………017

4. 在时代风浪中沉浮…………021

5. 借船出海…………025

6. 让市场"话事"…………035

7. "无中生有"的本事…………049

8. 不一样的"东莞模式"…………059

9. "穷得只剩下钱"？…………073

10. 唱响《春天的故事》…………087

11. 爱上这座城…………098

下篇：内心坚守——

不一样的莞商

12. 莞人与莞商…………115

13. 敢喝"头啖汤"…………123

14. "顶硬上"…………127

15. "冇问题"…………135

16. 闷声发财…………140

17. "牙齿当金使"…………158

18. "有钱大家揾"…………171

19. 东莞的港商与台商…………176

20. 向钱看！向前看！…………185

21. 莞商是这样的人…………198

上篇

城市巨变——

不一样的东莞

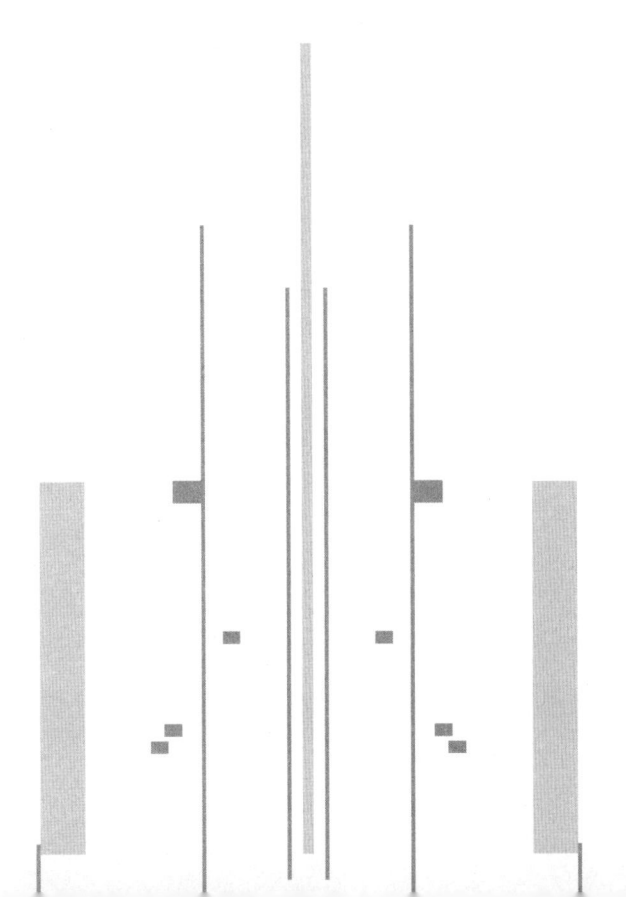

1. 东莞三件宝：莞盐、莞香和莞草

老一辈莞人常说，东莞有三宝：咸榄、陈皮、禾秆草。这可能是卖咸榄和陈皮的商人编出来的。东莞的咸榄和陈皮虽然有名，但无论历史、名气、市场规模和对民生的影响，都远远不及这三宝——莞盐、莞香与莞草。

广东人说"行桥多过你行路""食盐多过你食米"，都是形容一个人阅历广，见识多。不过，莞商可真是如假包换的"食盐多过你食

莞盐

饭"。因为东莞濒海,过去是大名鼎鼎的产盐区,莞商靠海吃海,很多人就是靠"食盐"成了富商巨贾。唐代时,东莞沿海的靖康盐场、金斗湾盐场、东莞盐场、大宁盐场和归德盐场等众多盐场,盛产白花花的海盐,源源不绝地供给两广和湖南、江西部分地区。"煮海竟烧烟万灶,收盐多积雪千堆"这句诗就描述了明清交替之际东莞盐业生产所呈现的壮美景象。

明天顺四年(1460),古田农运,东莞盐场生产的盐只能在本省甚至本地售卖,销路不好。明隆庆六年(1572),靖康沙土日积,靖康盐场终究衰退了。到清初禁海,盐场从沿海岸边撤离,靖康盐场全部消失了。靖康盐场消失后,靖康村也改名为"乌沙村"。东莞盐业,就这样在历史中慢慢消逝了。

2013年10月,一部名为《莞香》的30集电视剧,在荧幕上与观众见面。电视剧以莞香世家种香、卖香、品香的曲折故事为主线,反映了浪漫的儿女情长和抵抗外敌的豪情壮志,再现了具有东莞民俗史价值的莞香传奇。

莞香树,学名白木香。古人把"沉檀龙麝"尊为四大名香,而沉香居四香之首,被誉为"香中君子"。莞香,其实是生长于亚热带地区的沉香类乔木的一种,东莞人习惯上把产于东南亚的沉香叫作"全沉香",产于本地的叫作"土沉香"。

据专家研究,莞香最早是从交趾(又名"交址",中国古代地名,地域及其文化遗迹位于今越南北部与广西南部)移植过来的。

最初东莞的香市在茶山,后来渐渐转移到寮步,与广州的花市、罗浮的药市、廉州(前属广东)的珠市并称"广东四大名市"。这不能不归功于莞商的长袖善舞。

到了民国初年,寮步香市已门可罗雀,后来更是名存实亡。到了

品味莞香

20世纪80年代改革开放后,昔日的香市变成机油批发中心和灯饰专业市场,90年代则转而兴起汽车销售,寮步因此号称"中国汽车销售名镇"。再后来,香市只余一个"非物质文化遗产"的牌子了。

已没有人说得清楚,在莞香的鼎盛时期,到底有多少莞商从事莞香贸易。《广东新语》里记载:"当莞香盛时,岁售逾数万金……莞人多以香起家,其为香箱者数十家,借以为业。"作者屈大均原籍广东番禺,毕生以明朝遗民自居,青壮年时为了策动反清复明大业,奔走于吴越苏杭一带,40岁后又移家东莞。上文所描述"莞人多以香起家"、莞香行销江南的景象,应为其亲见亲闻。屈大均还对当时生产者、商人与消费者的比例做了具体说明:"种香之人一,而鬻香之人十,爇香之人且千百。"只能说,这是一个惊人的庞大群体。

明万历元年(1573)以前,九龙、屯门一带都是东莞的属地。香船在香埗头(今九龙尖沙咀)泊岸,再换船运至香港仔与鸭脷洲之间的石排湾，换大眼鸡船，转运往江浙等地，远至京师，甚至销往南洋和阿拉伯地区。

寒波影里，橹桨声中，香氛如云，冲天而起，当年在香埗头的岸边，堆积着如山的香料，等候转运。浓郁的香气，满布海面，直冲云霄。据说那时香港转运的香料，质量上乘，被称为"海南珍奇"。香港当地许多人也以种香料为业，香港与其种植的香料一起，声名大噪，也就逐渐为远近所认可。不久这种香料被列为进贡皇帝的贡品，宫廷的香气氤氲，催发了当时鼎盛的制香、运香业。可后来，村里人不肯种植了，香料的种植和转运也就逐渐消失，但"香港"这一名称却保留了下来。这便是香港名字由来的传说。

当然，这种说法只是民间的一种流传，并未见权威专家的凿证。

2016年4月的一个周末，笔者在东莞作家村作家赵江的陪同下探访寮步牙香街。是明清时期十三条专业街之一，是当时有名的香市，街名沿用至今。呈现眼前的，是个不算太热闹的仿古街市，这里商家林立，风格多样，古色古香，大大小小的店铺和摊档，摆满了各种不同等级的莞香，供顾客自由选购。每家商铺都点燃了香料，飘出袅袅香烟，导致整条街都弥散着浓郁的莞香气息，让人穿越时光，仿佛又回到了古代香市的韵致之中。

街道两旁种着莞香树苗，一米多高，而树身上挂着的小牌子却标注此树已经有五六年树龄了。朋友介绍说，莞香木的生长周期很长，要100年才能成材。看来"十年树木"这个说法，对于莞香树而言如同一个神话。而莞香，更是源于虫咬火燎，刀砍斧凿，斩根伤骨，年复一年"伤口"结疤后，从真菌中结成。价值如黄金以克计算，黄熟、奇楠更是稀世奇珍。

笔者游览期间，不时看到有旅行社的导游挥着小旗带着游客前来参观。而游客中部分男男女女、老老少少，一见到那些做工精致、幽香阵阵的香包、香水和工艺精品等便爱不释手，兴奋得又是闻呀又是笑呀的，情不自禁地就掏钱包买单了。

牙香街，如今已成为东莞特色旅游，探寻莞香足迹的必游之地。

为了振兴莞香，擦亮名片，莞商注下巨资，利用近年兴起的非物质文化遗产热，大造声势，宣传莞香，又是出版图书，又是演音乐剧，又是设立音乐剧的"莞香奖"。在媒体不断的推波助澜之下，莞香已越来越为人们所熟悉。莞商汤锦华、黄欧还于2014年被文化部门批准为国家非物质文化遗产"莞香制作技艺"传承人，并多次被中央电视台拍摄为科普题材纪录片，为推动莞香文化发挥了积极作用。

这些年，随着莞香文化的挖掘与重铸，一种引人关注的说法是，莞香贸易加速了早期莞商群体的形成，并催生了莞商精神。莞香贸易本身体现了诚信意识、规则意识，还有奉献精神、冒险精神，这被誉为早期莞商的商贸意识和智慧：只有拥有诚信意识和规则意识，莞香才在寮步集散成市；只有拥有奉献精神和冒险精神，莞香才能涉江越洋，敢为人先。

在海外广受赞誉"一纸风行"的美国《侨报》，于2017年1月10日以整版篇幅刊发莞香视觉直击专版。总编辑刘晓东全程参与采风活动，感触颇深，挥毫写下《一缕香与一座城》的诗篇，从莞香传承道出"世界工厂主车间"在文化产业上的新念想。诗篇写道："如今万棵香树在山水间青绿，年产量逾吨；一缕缕清香，带着千年的古意，再次托起一座城。"

莞草，又名"水莎草""三棱草"，东莞人叫它"水草""咸草"，生长在咸淡水交汇之处。道滘、厚街、虎门、莞城、望牛墩一带的滩涂，昔日都覆盖着大片的水草。《广东新语》里形容，"东莞人多以莞席为业"。

莞草编织兴于清咸同时期，盛于清末民初，延续至中华人民共和国成立以后。1927年，东莞全县爆竹外贸营业额为90万元，而莞草编织高

莞草种植

达250万元,而且牵动了沿海草区十数万人的副业。20世纪30年代,虎门太平由于莞草贸易繁荣,经济大发展,有"小香港"之称。直到60年代末,道滘镇还建立了公私合营的草织厂,并于1960年成立东莞地方国营道滘草织厂、1964年成立道滘人民公社工艺品厂,草织业一度曾是道滘地方支柱产业,鼎盛期莞草编织工厂达到3000多名工人。1965年—1969年连续5年,莞草的总产量都在1.5万吨以上,一个600多人的莞草编织厂每年能盈利近20万元。

但到了20世纪80年代,一方面由于东莞实行"引淡驱咸"工程,并"以粮为纲",水草渐渐被水稻代替,织草席的手工艺亦开始式微;另一方面,由于塑料制品的兴起和人们生活方式的改变,莞席和各种莞草编织品,逐步淡出市场,完成了历史使命而彻底裁撤。早期东莞嫁娶必备品"三大件"之一、被誉为"皇后席"的芥黄席，如今亦只能在博物馆里隔窗观望了。

作为一个产业，莞草编织是不可避免地衰落了。尽管2007年厚街镇莞草编织技艺被列入了东莞市首批非物质文化遗产目录，并成功申报为广东省非物质文化遗产，但很多当地的年轻人其实早已不知莞席为何物。1998年，厚街筹办村史展览，人们找遍了厚街各村，连半根莞草也没找到。

千载余情，竟去而无踪。回望来路，真让人有拍遍栏杆之慨叹。

任何产业都会经历春、夏、秋、冬的四季轮替。有些产业夏天时间可能长一点，有些产业的冬天可能会骤然降临。莞盐曾经兴旺过，后来衰落了；莞香曾经兴旺过，后来也衰落了；东莞的甘蔗和蕉基鱼塘、咸榄陈皮都曾经兴旺过，后来都步入了严冬，乃至消失殆尽。这是四季轮替的常态。

时代的变化，技术的进步，生活形态的更改，精神价值的嬗变、文明的升级，都是不可抗拒的。在不同的时代，莞商曾经创造了一个个辉煌的产业，为社会提供丰富的商品和服务，影响了不同时代的经济民生，这便是其历史意义深远之所在。

今天，当人们热烈地讨论着东莞的经济转型时，不应该忘记，曾经风光无限的制造业，并非从天而降，而是从更早的莞盐、莞香、莞草和传统农、林、牧、副、渔产业中转型来的。未来将在舞台上叱咤风云的创新产业，也不可能凭空而来，它也只能从今天的制造业中转型而来。

2. 莞糖与东莞"老字号"

在东莞，如果有人问：哪家企业日子过得最"甜蜜"？答案一定是"东糖集团"。因为东糖集团是一家以制糖为主业的集团公司。

这家前身为东莞糖厂的"广东老字号"始建于1935年，为"南天王"陈济棠主政广东时，由第一集团军军垦处经营。东莞糖厂在当时是名副其实的大企业，主要设备从捷克进口，工程师还专程前往捷克学习机械制作工艺。当时，东莞人以能进东莞糖厂工作为荣。1984年任东莞县县委书记的李近维，因为读过两年初中，算是村里有文化的人，14岁就被招进糖厂当学徒，两年后就转正成了一级技工。

1952年，东莞糖厂的平均日榨量已经达到1225吨，超过了设计能力的22.5%。面对这样的好成绩，全厂职工都很兴奋，还专门写信向毛主席报告这一好消息。

目前，东糖集团资产过百亿元，员工过万人，位列全国制糖行业综合实力第二名，是亚洲最大的原糖加工基地之一；连续6年位列东莞市50强民营企业之首，是东莞民营企业的"老大"。

东糖集团的日子过得甜蜜蜜，离不开集团总裁李锦生的不懈努力。李锦生被誉为"中国糖王"，这个称号并非浪得虚名。

1982年，李锦生大学毕业分配到了东莞糖厂当技术员。凭着"少说话，勤学习，多干活"的做事风格，八年后被提拔为副厂长，成为"二

东城周屋稻田

把手",堪称少年得志。1997年糖厂转制,成立东莞市东糖集团有限公司,李锦生任公司总经理。2002年,东糖集团成立,李锦生任总裁。

在很多公众场合,敦厚的李锦生难改技术专家本色:话语不多。但是,他给自己留下了更多思考的时间和空间,并以敏锐的商业触角和理性的发展思维,率领东糖集团迈出了打造百年老店至关重要的三大步——

一是大胆"走出去",实现"东糖西移"。随着东莞从农业县变成了工业城市,农田越来越少,糖厂所需的工业原料甘蔗也越来越少,一些依赖甘蔗生存的糖厂就倒闭了。与东糖集团同期的运河糖厂,就是一个活生生的例子。在危机感的倒逼下,李锦生大胆闯出了种植及原料制作在西南、产品交易在东莞的路子,以此摆脱了企业的生存困境。为此,东糖集团扩张到广西、云南、山西等地,开办了16家制糖企业,具备年产糖100多万吨的生产能力。

二是强强联手,与"巨人"同行。与法国乐斯福集团合作投资10亿元兴建的酵母和酵母抽提物生产企业,成为国内最大的酵母及酵母抽提物生产商之一。

三是科技创新，不断推陈出新。通过高科技手段，把甘蔗榨糖后的剩余物用于生产纸、酵母及酵母抽提物和生物肥等，从而形成了国内制糖行业纵横延伸最长、附加值最高的甘蔗糖业循环经济产业链，既最大限度地利用了资源，又保护了环境。集团研发的白莲蔗糖、QT蔗糖、史宝利高活性干酵母等三个产品已成为中国名牌产品。

今天的东糖集团，足以傲视群雄：拥有45个全资、控股、参股子公司，总资产达100多亿元，年销售收入超过100亿元，实现利税逾20亿元。从业30多年的李锦生，在糖业江湖亦举足轻重，但他时刻警醒自己，也告诫东糖集团上下：不学习，就落后。

"糖王"李锦生依然很低调，当别人称呼他为"老板"时，他常常会很认真地说："我不算真正的老板，我只是一名经理人。"

与莞盐、莞香、莞草一样，东莞的甘蔗糖业，也有着悠久的历史。

东莞种植甘蔗，制造砂糖的热潮出现在嘉靖、万历年间（1522—1620）。屈大均在《广东新语》中说："粤人开糖坊者多以致富，盖番禺、东莞、增城糖居十之四。"莞商之中，除了盐商、香商、草商，糖商也是一个主要群体。

过去，东莞遍地种甘蔗，将其作为农业种植的主打作物。甘蔗林绵绵不绝，走入林中，犹如置身青纱帐内，当海风吹拂，蔗林摇曳，蔚为壮观。

2016年盛夏，笔者经过望牛墩镇杜屋村时，看到公路边的土地里种植着成片的甘蔗林。据了解，种植甘蔗是杜屋村一直以来的传统。"以前一家人吃饭，小孩子读书，都是靠这块蔗田。"已50多岁的杜屋村村民杜淦桃告诉笔者，村里共种植有250多亩的甘蔗，其中该村多个村民小组的村民是主要种植户。有130多户种植甘蔗，占该村村民户数的80%，种植面积最大的,一年要种将近4亩甘蔗。

由于村里环境好,土地肥沃,杜屋村很早就开始种植甘蔗了,种植的历史甚至可以追溯到清朝。到了20世纪80年代,经常听到杜屋村村民说的一句话是"男人'搭客(用摩托车搭客经营)',女人卖蔗",足以看出甘蔗在当时生活中所占的分量。由于他们种出来的冰糖蔗、红蔗清脆甘甜,所以就把这个传统一直延续了下来。

目前,杜屋村出产的甘蔗能卖到每斤8角到1.5元的价格。种植面积为4亩的村民,年收入能达到25000多元。"我们的甘蔗很好卖,今年春节那段时间用卡车拉5吨去卖,一天就能卖完。"杜屋村村民杜庆云告诉笔者,在家里种植甘蔗当副业,是杜屋村许多村民的选择,因为可以兼顾家庭。

不过,改革开放这么多年,早已证明东莞的土地无论种什么,收益都不如"种房子"。

时代的洪流滚滚向前,不可阻挡。无论曾经如何辉煌的营生,一旦无法适应新的市场,终究难逃"弱肉强食"的丛林法则。

有意思的是,与甘蔗糖业的兴衰起伏一样,"蔗"在粤语口头禅中的语义,亦大相径庭。比如,"掂过碌蔗",指事情办得非常顺利、完美;"一碌蔗",形容做事愚笨、不懂变通;"卖剩蔗",一般指老姑娘嫁不出去,也在商业活动中特指卖剩货。

徐福记,是莞糖中的新生力量。在大陆,只要提到糖果、糕饼,几乎人人都说得出徐福记这个品牌。徐福记前身是台湾地区的徐记食品,由徐家四兄弟:徐镨、徐乘、徐沆与徐梗共同创立。来大陆前,徐记在岛内做了14年的糖果,被业内誉为"金字招牌"。

1995年,徐福记品牌在东莞诞生。徐乘说,他祖籍福建,再加上"福"这个字很喜气,便在原来的徐记食品中间加了一个"福"字。建立品牌后，徐乘抓住了中国人爱过喜庆节日、重视春节传统的营销卖点，推出了新年糖，一炮而红。

徐福记与在天津发迹的康师傅，一南一北，成为台商在大陆经营食品业成功的范例。

东糖如今已是著名的"广东老字号"，与其同获此殊荣的莞企还有另外三家，分别是旗峰腊味、金燕糖油、东莞国药。

其中，东莞的腊味已成为东莞特产的一个代名词。东莞人制作腊味的历史可追溯到宋朝的庆历年间，距今已经有900多年。东莞腊味生产企业众多，其中东莞市食品有限公司出品的旗峰牌子最响、销量最大，产品包括腊肠、腊肉、腊鸭三大系列。董事长梁景堂告诉笔者，旗峰腊肠、腊肉之所以能畅销60年，成为国内最具代表性的广式腊味，靠的就是60年如一日的严格选料、师承正统。

而东莞腊味中，又以腊肠最为著名。美食家沈宏非先生说过：东莞腊肠可能是中国最好的腊肠。莞商、东莞美食大咖黎平则告诉笔者：东莞腊肠浑圆短粗，有利于在阳光下充分受热，肠内之肉不至于太干燥，水分充足，蒸熟后可整条食之，一啖一条，有爆浆的感觉，香醇爽口。除旗峰外，东莞腊肠还有众多"东莞老字号"：厚街镇陈什根经营的鑫源、麻涌镇"东莞市道德模范"钟松焕经营的肥仔秋、高埗镇吕衬婵经营的矮仔祥等等。

民间评议，真正能代表东莞腊肠的应该是吕氏家族四代祖传的矮仔祥。据说，东莞腊肠呈短粗形就源自矮仔祥第一代传人吕佳，他个子矮，平时担着腊肠上街叫卖，长腊肠易拖地沾染尘土，于是妻子建议其改为短粗形，延续至今，反而形成东莞特色。2007年，矮仔祥新一代女掌门人吕衬婵接管家族企业，不但创建了真宜食品有限公司，还把矮仔祥打造成东莞非物质文化遗产项目，且成为唯一销往香港的东莞腊肠品牌。

在中山大学同学的一次聚会中,同学们跟吕衬婵开玩笑:"人家北大毕业卖猪肉,你是中大毕业卖腊肠嘛!"笑过之余,吕衬婵觉得这是一个很好的鼓励,也就是这个中大的日语硕士,用新的文化概念,让家传的腊肠变得和以前不一样了。除了创新制作出可以一口吃一个的小圆球式爆浆腊肠,更让她引以为豪的,是足以让传统人士瞠目结舌的陈皮腊肠、果酱腊肠、绿茶腊肠、鹅肝腊肠。

吕衬婵把养生概念融入了这小小的腊肠之中。她说:"我既要继承传统,更要颠覆传统。"

除了官方评选出的"老字号",东莞民间的"老字号"就更多了,有李全和麦芽糖、东方红照相馆、石龙新昌鼓店等。其中,李全和柚皮麦芽糖始创于咸丰六年,即1856年,至今已有160多年历史,是东莞著名特产之一。

金黄、透明、黏韧、清甜可口、入口即溶的麦芽糖柚皮,相信是很多人儿时印象深刻的零食之一,特别是用一支筷子卷起一圈麦芽糖,那软黏的麦芽糖丝缠在一起,越拉越长,剪不断、理还乱,含在口中,那清甜的麦芽香沁人心脾。

李全和麦芽糖的制作工场在石龙镇沿江东路。李凤丽是一位精明、豪爽的女士。李全和是李凤丽的爷爷。其实从李全和的父亲开始就制作麦芽糖柚皮了。"我太公才是最早的麦芽糖柚皮创始人,他是惠州人,到了我爷爷李全和那代起才举家迁来东莞石龙定居,也带来了麦芽糖柚皮的制作工艺,没想到竟然成了石龙过百年的传统特产。"

为什么李全和麦芽糖历经百年至今仍是小作坊而没有做大做强?这里头有一个不是秘密的"秘密"——第四代传人李凤丽为了坚持高品质生产,定下标准:每天只生产麦芽糖800斤。"很多人给我下订单,钱都先全部打过来了，我都不敢接，生产不了。"李凤丽说，为了保持独特风味和品质，麦芽糖仍是百年传承的纯手工制作，工序比较烦琐，她每天在工厂里都要从早上7点钟干到晚上9点钟才能休息。

无论是石龙镇政府还是周围的朋友，都劝李凤丽把企业做大，因为她目前的日产量远远不能满足本地需求，更何况订单来自世界各地。2016年盛夏，笔者前往石龙镇采访李凤丽时，她说："我要做大企业很容易，只要增加人手和设备。不要以为手工企业做不到，香港有手工制作豆腐皮的企业，年产值都可以做到几千万元。但并不是每家企业都一心想做大做强的，我做个'小而优'，日子不也过得很幸福吗？"说到这儿，李凤丽发出了乐呵呵的笑声，"其实，做生意就像做人，不要一味贪大贪多，开心就好。"

这爽朗的笑声，透露出了一名商人的幸福和满足。

3. 爆竹声中的产业涅槃

作为制造名城的东莞，有烟花爆竹吗？当然有，只不过早已是明日黄花。

先看看这个绝对让你意想不到的"连珠炮"：1986年，东莞烟花在加拿大国际焰火节比赛中夺得金奖；1987年，东莞爆竹获得中国爆竹行业最早最高的大奖——火神奖。

东莞的烟花爆竹远近驰名，招牌响当当，已有300多年历史，经营烟花爆竹的作坊与商人，更是不计其数。直到20世纪80年代中期，东莞的烟花爆竹业，仍然非常兴盛，远销世界60多个国家和地区。1986年在加拿大举行的国际焰火节比赛中，东莞市烟花爆竹厂夺取传统烟花项目第一名，获得朱庇特金像奖，为此受到国家轻工部通报嘉奖。1987年底东莞烟花爆竹行业年总产值达到21194.7万元，出口创汇3018.37万美元，在东莞国民经济中占有举足轻重的地位。

1987年6月27日，东莞市烟花爆竹厂特制了一挂世界上最长的爆竹——仙女牌全红长串礼炮。该爆竹全长3988米，共有278.8万个爆竹，含火药600公斤，在澳门总统酒店前燃放了整整7个小时，被列入《吉尼斯世界纪录大全》。当年，东莞爆竹还获得了中国爆竹行业最早的大奖火神奖。

"当时如果没有东莞市烟花爆竹厂，莞城得饿死很多人。"已八十高龄的张伯，在20世纪60年代曾是东莞烟花爆竹厂的师傅。说起东莞烟花爆竹史，他如数家珍："20世纪60年代时，东莞市烟花爆竹厂让厂内1000多个职工和厂外成千上万个加工者免于饥饿：大人可以挣回食物，小孩可以挣回学费。更不用说在它的影响下，全市相继成立的万江烟花爆竹厂、篁村烟花爆竹厂等，又让多少人得益。

放烟火是中国民俗活动

"改革开放后，东莞市烟花爆竹厂一年30多万箱的出口量居全国行业第一。1984年，厂长张溢棠受邀请去北京参加国庆35周年庆典燃放烟花的图案设计。20世纪90年代末以后更是辉煌不断，先是代表中国到加拿大参加烟花比赛并拿下了金奖，接着又被指定为广州全运会燃放烟花……"

然而，烟花爆竹业属于高危行业，容易出事，很多工序仍然依赖手工制作，产能较低。面对当时正冉冉上升的"三来一补"加工业，烟花爆竹业日益显露出严重的先天不足，产业的升级换代迫在眉睫。

最终，还是让那"砰"的一声巨响，惊碎了东莞烟花爆竹行业的辉煌之梦。

1990年11月15日，东莞市烟花爆竹二厂礼花弹车间发生爆炸，造成5人死亡，42人受伤。这次惨痛事件，成了烟花爆竹产业"腾笼换鸟"的关键转折点。

事故发生后，东莞市政府下令，东莞所有的烟花爆竹厂都不准再开工，并被要求搬离东莞。于是，一次大规模的产业转移开始了。曾经盛极一时的烟花爆竹行业，几乎全部转移到了湖南浏阳，腾出来的"笼子"（工厂）纷纷转型为纸袋厂、鞋厂，产量和效益一下子提高了。

东莞的烟花爆竹行业从辉煌到衰落只在这一声巨响中。在这场产业"大转移"中，这个从明嘉靖四十二年就兴起，至当时已有400多年历史的行业，就在这个新近崛起的制造业之城彻底消失。一起湮没在历史烟云中的，还有老一代莞商翘楚，"爆竹大王"陈兰芳。东莞甚至还成为全国最早以人大立法方式禁止燃放烟花爆竹的城市。

和其他渐去渐远的文明不同，烟花爆竹在东莞的衰落显得极其迅猛，没有人为这个曾经辉煌过的产业凭吊伤怀。俗话说，爱美之心人皆有之。烟花在划过夜空时绽放的瞬间之美让人唏嘘，但为何人们对于东莞的烟花却如此健忘呢？

只要翻开《东莞烟花爆竹志》，看看那一串串触目惊心的工伤事故，你就会明白，烟花爆竹在东莞的式微，正是因为人们对于生命的尊重。

曾几何时，为了钱，为了经济效益，忘却了对生命最起码的敬畏，使多少血肉之躯葬送在烟花爆竹车间。如果不能彻底解决烟花爆竹生产中的安全隐患，那么，就让烟花爆竹随风而去吧。烟花爆竹的衰落，是对那些亡灵最好的祭奠，也是东莞后来人最大的幸福。否则，也许还会有人在传统烟花爆竹的生产线上丧命。

再由烟花爆竹的"大转移"展开，谈谈东莞的转型升级。早在2001年12月中国加入世界贸易组织（WTO）后，珠三角的产业就已开始面临升级压力。广东省从2006年起，准备用五年时间向东西两翼投入巨资，以促进东西两翼振翅起飞。当时叫作"双转移"，即珠三角劳动密集型产业向东西两翼、粤北山区转移；而东西两翼、粤北山区的劳动力，向当地第二、第三产业转移，素质较高的劳动力，向发达的珠三角地区转移。

近年来，这个战略被形象地概括为"腾笼换鸟，凤凰涅槃"，在政府的各项政策推动下，珠三角经济升级换代，优化资源配置，提升国际竞争力，实现再次腾飞的蓝图，已渐次展开，令人无限憧憬。

对莞商来说，这不是第一次产业升级换代，也不是最后一次。以前东莞是"草席之乡""沉香之乡""水果之乡""爆竹之乡"，今天这些产业在何处？都转移了，都升级了，该淘汰的都淘汰了，该涅槃的也都涅槃了。每一次的产业升级，都不是受哪个经济学理论引导的，也不是政府的指挥棒强行比画的，而是被市场逼出来的，市场就是最好的催化剂。

每一次的转型，莞商都能够轻舟强渡，应付自如。今天，东莞经济再次面临转型升级，莞商又何足惧哉！

4. 在时代风浪中沉浮

历史的进程，有时显得如此沉滞迟缓，如山脉的移动，考验着每一个人的耐性，但有时却又如星驰电掣，快得让人措手不及。在这里，不妨以一位莞商在20世纪前半叶的经历，作为另一个解剖的"标本"，看看他们所走过的，到底是一条怎样的崎岖道路，苍黄翻覆的历史变局，对他们的人生又有怎样的影响。

出生于东莞云山乡的李宇峰，清宣统二年（1910）在广州均安银号做杂工，五年后升为"帮柜"。他目睹着辛亥革命的发生，目睹着大清王朝的垮台，又目睹着洪宪帝制、护国战争、南北战争，国无一日安宁，民无一刻喘息。1919年，25岁的李宇峰开始创业，用父亲在安南做百货店生意的积蓄，在广州长寿西路永华坊创建李裕兴织造厂，以"黑妹"为注册商标，主要经营织袜，染整则交给别的厂加工，然后自己包装销售，生意越做越兴旺。

然而，抗日战争一爆发，李宇峰的所有心血，顷刻被摧毁殆尽。工厂被日军的毒手辣拳所拆毁，货物被没收，李宇峰恓恓惶惶，逃难到香港，为了维持生计，不得不把梧州分厂贱价出售。战争结束后，李宇峰已无力复业，只好把黑妹商标和李裕兴字号送给了在广州经营百货洋杂批发的陈国梁、陈德明兄弟，利用他们的财力，在广州十八甫富善西街重新建厂，恢复生产，陈氏兄弟请李宇峰担任厂长。那一刻，李宇峰总算又看到了希望，他半生的心血没有白费，消费者还记得他的产品，黑妹品牌在省港澳继续享有很高的声誉。

但可惜"人间何处不巉岩"，内战突然爆发了，千疮百孔的国内经济，还没从抗战中缓过一口气，又跌入了黑暗深渊。工商业在金融动荡、治安混乱、交通不畅、原料提价和洋货倾销的重重压迫下，可供喘息的空间愈来愈少。

陈氏兄弟对前途失去信心，把大部分设备和资金转到香港，广州的工厂陷入半停顿状态。李宇峰好不容易才争到的三分春色，至此又复二分流水，一分尘土了，就算是铁打心肝铜打肺，到了这般田地，也不免志丧气馁。但李宇峰没有跟着陈氏兄弟去香港，还在苦守广州这个烂摊子。

历史有如九曲黄河，浪淘风簸，云雷喷薄，一泻万里。

1949年，中华人民共和国成立了。这是一个暴风骤雨的大时代，李宇峰目睹蒋家王朝覆灭了，一个新政权诞生了。

中国再次发生了天翻地覆的巨变！

在中华人民共和国成立的头十年，人民的奋斗精神、团结精神、自我牺牲精神，凝聚成巨大的能量，超过了中国历史上任何一个时代。人们对美好的生活热烈追求，可歌可泣，感人肺腑。

用历史的目光去看，也许会觉得他们对新社会的理解，过于简单和朴素，但这更使得他们的牺牲和奉献，蒙上了一层永不消退的悲壮色彩。

1950年，石龙、太平、莞城各地的工商业联合会筹备委员会先后成立。这年10月，东莞县工商科办理中华人民共和国成立后第一次工商企业登记，莞城镇同时办理摊贩登记。1956年正式成立东莞县工商业联合会，这时全国已处于社会主义改造的高潮之中。李宇峰在广州，和东莞的工商业者一样，经历了1952年的"三反""五反"运动和1956年的资本主义工商业改造运动。置身于时代的惊涛骇浪中，莞商第一次深切体会到社会主义革命无与伦比的震撼力和冲击力。

从1956年1月17日起,《南方日报》连续发表有关掀起私营工商业社会主义改造高潮的社论,号召工商业者积极迎接全市改造高潮的到来。在大大小小的座谈会上,参加会议的资本家争相表示,回去一定积极推动全体私营工商业者在几天内全部申请公私合营。

许多人回到家里,和妻子抱头痛哭。化私为公,一家的营生,一生的心血,怕就这么付诸东流了。

但第二天他们从泪湿的枕头爬起来,又到街上敲锣打鼓了。

商人的胸怀,有时就是这样被历史撑大的。

在公私合营的运动中,李宇峰创办的李裕兴针织厂,被列为广州市1954年实行公私合营的26家工业企业之一。当时的李裕兴,每年可生产各种汗衫60万件以上,利润超过11万元,是广州市针织行业中产量最大、盈利最多的企业。其产品在市场极受欢迎,许多人在穿黑妹汗衫时,故意把牌子露出来,招摇过市,这成为一种时髦。

1953年,政府对私营企业实行统购统销。李裕兴的产品全部由中国

服装厂生产车间

百货公司包销，所有原料棉纱及各种染料，均由花纱布公司和化工公司供应。1954年12月，李裕兴针织厂在一片锣鼓声中，宣布实行公私合营，成为广州市第一批公私合营的企业之一。

就这样，东莞和全中国一样，快步进入了社会主义计划经济时代。昔日的自由市场已不复存在，莞商作为一个自由经营者的群体，皮之不存，毛将焉附，亦随着社会主义改造运动的完成，退出了舞台。有些老莞商被安排担任总店正、副经理或厂长，还有些以"不能工作"为由，或安排退休，或请长假，或自愿回乡务农。但历次政治运动的风暴一来，许多工商业出身的人和家庭，无论是否退休、回乡，都难逃被批判斗争的命运。

百年凄风，百年苦雨，却浇不灭莞商心中的那团火。

时间轴不会中断，生命还将延续。尽管时代变了，身份也变了，有些成了被改造的对象，在历次政治运动中备受冲击；有些则成为国家职工，继续为国家和集体工作，在不同的领域，贡献自己的才智与力量，但他们有一点是相同的：大家都在历史之舟上，苦撑苦渡，与国家、民族同悲喜，共命运。

英国大文豪萧伯纳有这么一段话："生活不是残烛，而是光亮的火炬。把握着这一刹那，使它尽量发光，移交给下一代。"用来形容在历史巨浪中，展示出顽强生命意志的莞商，生动而准确。

因为他们相信，山海争水，水必归海；雨后彩虹，分外妖娆。

他们更相信，中国的明天，终有"水满清江花满山"的那一天。

是的，春天一定会来的。

谁也挡不住春天的脚步。

5. 借船出海

三国时诸葛亮草船借箭，今天的莞商也是擅借东风！

在谈论莞商早期的资源运作和经营策略时，有一个词会被经常提起：借船出海。简而言之，就是利用自己的资源优势，为自己增加各种边际效益。

纵观莞商发展，是其不断突破自身发展瓶颈（起步低，文化水平低，自有资金不多，技术力量薄弱）的过程。然而他们经营的企业却能如朝阳般迅速崛起，原因之一就在于巧用"借"术。一是借钱发挥，用天下人的钱，赚自己的钱；二是借势发展，借改革开放以来广东的国家政策优势发挥；三是借才发财，用借来之才来弥补自己经商中遇到的不足，创造了洗脚上田的农民领导着一群博士、硕士的"羊统领着狮虎群"的奇迹，给机会别人体现价值，让技术成果转化为生产力赚钱的同时，也让自己赚个盆满钵满。

有人说：莞商的借术，最聪明之处就是把世界上有钱的人吸引到东莞来投资；把全国贫困的人吸引到东莞来打工赚钱；把世界上最先进的技术和设备引进来当母鸡为自己下蛋；把世界上最有头脑的人吸引到东莞来贡献智慧。

莞商的借术为何行得通？原因有三：一是改革开放以来的国家政策优势；二是莞商文化"开放包容"的价值取向；三是在利益分配上，莞商"有钱大家揾"的心态，使得资源拥有者乐于投入和合作。

但是，你要借，还得让别人愿意借给你才成。说到底，无非是一个"富"字、一个"和"字在支持着莞商，"富"是指"国"和"家"都在逐渐富裕，你富了才有偿还能力；有偿还能力，我才愿意借给你啊！"和"则是指东莞人开放包容、和气生财的性格，有"和"才能彼此熟悉，彼此信任，感情渐深。情能动人，还好意思不借给你吗？换个角度说，如果不"和"，请也请不来，求也求不来，更别说借来了。

"三来一补"就是莞商"草船借箭"的成功之举。他们敏锐地发现，来料加工非常适合当时东莞的发展。当时，原材料不用莞商买——其实莞商没有供货商，不了解市场行情，也不知道什么样的原材料是适用适销的；加工设备不用莞商买——其实那时候也拿不出钱来买工业机械，就是买了也不会用；产品不用莞商拿去卖——其实莞商并没有订单，没有承销商，没有外销渠道，不懂得价格机制，不懂得市场份额，对大规模的工业化、产业化运作非常陌生，缺乏"产业链"概念。一句话，莞商一无资金，二无人才，三无供销渠道。

无资金，无人才，但东莞有土地，有土地就可以建厂房筑巢引凤跟外商合作；东莞在香港有富亲戚，他们千方百计守在深圳口岸等亲人、迎亲人来投资。那时通信不方便，经常以"口信""传话"之类的"信息"为凭，有些"口信"转了好几个人之口，有些"传话"是一两个月以前的，准确性大打折扣，但他们从不灰心，不屈不挠守到为止。

没有技术，莞商便边合作边学，学会了就自己办。比如制衣业，以前做衣服，从布料裁剪到成衣，所有工序都是一个人做；现在则是十几个、几十个人做，形成一条流水线，每个人都是整个制衣大链条中的一个小环节，只负责其中一道工序。有人一辈子就做扣子，做得炉火纯青，但其他环节都不会，也不用去做。当时东莞流行一句话：自己做，人才做，天才做。一辈子只做扣子的人在做扣子方面肯定比别人做得更好，这样的人就是人才，甚至是天才。

莞商就这样聪明如孔明，仅凭千捆禾秆草，便可借足十万箭！

石碣人叶德良就是这样的"借箭"高手。1986年，他从部队复员回乡，两手空空的他，在台商的电子厂打了几年工，学会了装配电话机、收音机。随后，他向人借了3万元，开始自己办厂做电话机等配件，他既是厂长，又是技术师傅。

如今，叶德良的企业已由代工转型为自主研发，在国内首创自主品牌——液晶电脑电视一体机，年产值数亿元，成为石碣民营企业的大腕。2006年，叶德良还把生意做到了美国教育部，为美国的中学生生产掌上电脑。

在茶山增埗村，港资企业永嘉制衣厂成为村民偷师学艺的致富之地。当时100多名永嘉工人都是增埗村人，数年后，他们之中的80%有了自己的加工厂。茶山镇经贸办工作人员对笔者说，永嘉制衣厂就是香港过来茶山的"黄埔军校"。当初100多名工人，如今留下的只有几个人了，出走后的他们，大多成为千万富豪。

借船出海

如果说"草船借箭"让莞商强壮了自身肌体，那么，借船出海则是莞商驶向国际贸易蓝海的风帆。早期的莞商还没有能力直接进入国际市场，别说不懂国际贸易的规矩，连一份规范的商业合同都不会签，连制造一只鞋子的成本也不会算，怎么和纽约、巴黎、法兰克福的大商家玩？所以不得不借用香港、台湾的资金、技术、渠道和管理经验，坐别人的船，去闯国际市场这个海洋。

听起来，好像是莞商搭了港商、台商的便船，其实不然。当时港商、台商的船，很多也已经搁浅，或者快要搁浅了，他们自己也急于要找一个好码头，以便重整旗鼓，再次起航。而莞商恰好在他们最需要的时候，以低廉的人力成本、土地成本，为他们营造了一个补充给养、修补帆舵、招募水手的船坞码头，事实上也是救了他们一把。

莞商固然要借外资的船，但外资也要借东莞的埠，这并非单方面的受惠，而是双方各有所求、各取所需，这样才能一拍即合、玉成其事。

大岭山号称"中国家具第一镇"，历史上以莞香和荔枝闻名。它在30多年内像超新星爆炸一样，变成一个2015年出口产值达26.6亿美元的家具业重镇，正是借船出海的成功范例。

20世纪70年代末，从虎门逃港的梁少禧，凭着一点木匠的手艺，在香港开了一家小家具厂。改革开放后，他的姐夫在东莞做招商工作，到处动员香港人回乡投资，当然不会错过这个小舅子，力劝他回乡看看，甚至帮他把办厂的所有文件都准备好了。梁少禧在香港那家前店后厂式的小厂，在当时的东莞人眼里，大小是个老板，老板就是财主，从罗湖桥过来的人，口袋里有"咸龙"（港币），都是有钱人。梁少禧经不住姐夫的动员，决定回乡考察一下。

1985年，梁少禧在虎门开了一家迪信家具厂。在内地办厂，最大的优势就是人工低廉。梁少禧在香港请工人，120港元一天；在东莞请工人，600元人民币一个月，相当于1800多港元，比香港便宜多了。但最不利的是工人流动性太大，那时造家具，和2000多年前的鲁班差不多，全凭木匠手艺，但进厂的小师傅个个都有发财梦，一心想自立门户，学会技术就走人。因为有大批出色的木匠从这里流出，迪信家具厂便得了一个东莞家具业"黄埔军校"的雅称。

1989年，梁少禧看到厚街的家具业比虎门更成气候，就把工厂迁到厚街，但两年后他又挪窝了，最后把目标确定在大岭山。他是跟着大伙跑，不是因为那里的交通比别处发达，也不是因为那里的人工费更加低廉，原因很简单，就是因为有台湾大企业去那里了！这起了关键的磁吸作用。

1991年，台湾台升家具有限公司落户大岭山。它的老板是在台湾以生产台球杆出名的郭山辉。他被东莞当年的赋税和土地优惠政策吸引，在大岭山设厂，生产咖啡桌、台球杆等产品。严格说来，这两者都不是真正的家具，但他成功说服了六家上下游企业，全部迁到大岭山，一下子就形成了规模效应，在整个行业出现羊群效应。迪信家具厂也是这样被吸引到大岭山的企业之一。

几年后，郭山辉结束了在台湾的生意，把工厂全部迁到东莞。1996年，台升公司增建厂房15万平方米，生产卧房家具，成为大陆第一家投入生产卧房家具的厂家。2001年，台升集团成功并购美国第二大家具零售商——环美家具（年营业额3.5亿美元），成为亚洲第一家拥有自己品牌、行销美国的家具公司。据行内传闻，台升公司最兴旺时，一天要出上百个集装箱，一个月出3000个，公司门口每天都排着等候装货的长长车龙。

台升家具来了大岭山后，在台湾颇有名气的大宝家具也跟着来了；

1993年，台湾的"老字号"金石家具、振璇家具和大政家具来了；

1995年，台湾立富家具来了；

1996年，台湾运时通家具来了；

1997年，在马来西亚雄踞销售榜头两名的纬树家具、宏森家具也来了。

与家具制作配套的上下游企业——化工、五金配件、木材加工等，也纷纷结队而来，在大岭山安营扎寨。世界最大的油漆涂料厂荷兰阿克佐诺贝尔集团，也在东莞设厂生产。在强大的磁吸效应之下，一条完整的产业链条，迅速形成。通过"母鸡"带"小鸡"，大岭山竟然成了"中国家具出口第一镇"！

深蓝的大海，已呈现在莞商面前。

贴牌生产在今天似乎已成了一个贬义词，备受批评和嘲笑。所谓的贴牌生产，也有人称为"代工生产""委托生产""委托加工"等，叫法不一，但是意思相同，就是指拥有优势品牌的国外企业为了降低成本，委托其他企业，按照其产品质量、规格和型号等方面的要求，进行加工生产，产品贴上委托方的商标出售的一种生产经营模式。

以前的"三来一补"企业、三资企业，大多是做贴牌生产的。这只船刚启航时，大家看到第一桶金很快到手，都兴高采烈，赞声不绝，但后来发现，贴牌生产的利润，95%都被处在拥有品牌和技术高端环节的外国企业拿走。经济专家们开始抱怨了，以中国人的聪明才智，应该在市场上赚大头才对，怎么能看着人家大块吃肉，我们的企业只能在产业价值链条末端5%的利润上，拼个你死我活呢？

当然道理可以这么讲，但莞商更看重现实。现实就是包子要一口一口地吃，虽然大家都知道吃十只包子可以饱肚，但谁也不可能先吃第十只。在自己还没有实力与老牌工业国的"千年老道"们相抗衡时，贴牌生产未尝不是一种原始积累的捷径。任何人刚入行，都是要从底层做起，从学徒做起，十年生聚，十年教训，这个过程是免不了的，你不可能一开始就指望和师傅平起平坐，和国际大鳄分金掰两。

因此，尽管不少人对"世界工厂"这个称号嗤之以鼻，但莞商却认为这是"成长的必经阶段"。老一辈的莞商都说，"铺头开了要守，路子对了要走"，这是经商的金科玉律。别人愿意把船借给你，不光是从你这儿得好处，也是给好处你，是"塞钱入你的袋"。贴牌生产虽然是借船出海的一种初级形式，但也是莞商走向国际市场的"黄埔军校"。不可否认的是，新一代具有国际眼光和现代管理技能的莞商，正是从贴牌生产中培养出来的。

当莞商的实力积累到一定程度后，自然而然就会向更高的台阶迈进，以莞商的聪明才智，根本无须哪个经济学家来启蒙，市场已经教会了他们一切。

莞商在20世纪90年代中期，甚至更早的时候，就尝试创立自己的品牌了。1994年开办的东莞强兴制衣有限公司，筹备之初，确定以拥有自己的品牌为目标，公司注册了法利度（FORLARDO）这个商标，推出一系列高级男式休闲服装。在第六届中国（虎门）国际服装交易会上，法利度被作为重点推出的二十八大品牌之一。

1993年，锦之哥服装有限公司成立，旗下的锦之哥品牌牛仔休闲服饰，以粗犷帅气的设计风格，连续获得第一、第二、第三、第四、第五届中国（虎门）国际服装交易会金奖，被列为虎门七大名牌之一。1996年，韩菲斯（国际）时装有限公司成立，其品牌韩菲斯（HANFEISE）隆重推出市场，目标消费群锁定在国际时尚都市，以强烈的个人风格，展现迷人的风采，在白领阶层中颇有号召力。

成立于1995年的东莞小虎憨尼服饰有限公司（前身为东莞泰飞制衣厂），是一家专业童装企业，旗下的著名品牌——小虎憨尼，以3~15岁富有想象力和表现力、追求健康生活的时尚儿童为目标消费群体，在全国拥有数百家童装加盟店。

借也要借到人家的精髓，而不是皮毛，因为借不只是为了"拿来"，还是为了超越。东莞男眼服饰有限公司宣称，他们在引进韩国MENSEYE时，首先确立了这样的品牌策略：先找到品牌的内涵，然后再为品牌内涵寻找表达方式，让品牌与产品相互助力。他们说服了MENSEYE的创立者、韩国设计师朴善成，把这个品牌引入中国，并起了一个中国名字叫"男眼"。目标客户是"一群既尊重传统，又有创新的人，他们是这个社会的中坚阶层，自信可以掌控当下，引领未来，他们的眼光决定了这个世界的品位"。简而言之，就是盯住了中产阶级。男眼公司的管理者相信，这就是品牌的精髓和产品的灵魂。

如今，由莞商所创立的服饰品牌以纯、都市丽人、潮流前线、小猪班纳、缤纷熊、泰东双铃、十二乐坊、韩菲斯（HANFEISE）、狐仙、耐安迪、风领一族、依林鸟、卡雅菲斯、森域、纳尔曼等，都是市场上的"劲旅"，上演着一幕百舸争流的好戏。

如果不是在开始时巧妙地借船出海，就不会有今天这花团锦簇的成果。拥有这些品牌的企业，大部分是从做贴牌起家的。从他们的自有品牌中也可以看出借船出海的痕迹，诸如"伊丽莎白""戴安娜"之类的名字满天飞，本身没有中文含义，纯粹是迎合一些消费者喜欢洋品牌的心理，暗示消费者"我有洋血统"而已。

这一现象颇遭媒体的嘲弄，认为是南方人"没有文化、没有内涵"的表现。其实不必过虑，这是吃第五只包子时候的正常反应，只要市场健康，那么，等莞商有实力吃第六只包子时，这种现象自然会改变。

东莞的经济模式是外向型的。贴牌生产的产品全部外销，即所谓的"两头在外"，资金、原料在外，产品、市场也在外，只有中间加工在内。当年民营企业是不能直接出口的，只能依靠外贸公司。从某种意义上说，这也是一种借船出海的方式。1979年，东莞的外贸出口总额只有区区5382万美元，产品还是以传统的烟花爆竹、腊肠、排米粉、草织品等为主。但从1985年开始，莞商开始进军轻纺产品及工艺品市场，人造花叶、鞋类、塑料制品、各类箱包、旅游用品、服装、机绣品、羽绒制品、红木家具及藤制品等，出口规模不断扩大。1988年，全市外贸商品出口总额达到3.18亿美元。

这几亿美元的出口总额是怎样创造出来的？广州每年有两届出口商品交易会，莞商没有外贸经营权，只能四处托人，办个广交会的"临时进馆证"，悄悄"溜"进会场。为了谈成一笔生意，莞商代表经常要冒着风雨寒暑，蹲守在广交会门外，等候外贸公司与外商在里面的谈判。一有结果，外贸公司的业务员便一溜小跑出来报告。若是谈成了，莞商代表便一溜小跑到长途汽车站，赶回工厂报喜。

后来，民营企业慢慢摸到了"混"进广交会的门路，开始直接与客商洽谈业务，谈妥了再由外贸公司代签出口合同，办理出口关、结汇，民营企业自负盈亏。这种模式，维持了好长一段时间。

1991年之前，国内企业出口1美元，国家补贴0.2~1元人民币。长此以往，国家财政难以承受。1991年之后，国家取消出口补贴政策。许多民营企业就从这时开始，借广交会这艘大船，不显山、不露水地参与出口贸易活动。

1999年4月15日，当第85届广交会开幕时，作为首批获得外经贸部批准、拥有自营进出口权的四家民营企业，第一次在广交会的舞台上正式公开亮相，吸引了全世界的目光。这一次，没能喝到"头啖汤"的莞商奋起直追，迅速以"千军万马"之势，直接杀入国际市场。当年，东莞的出口总额达151.54亿美元。

莞商最初的借船出海，为民营企业参与国际贸易摸索道路、积累经验，扮演了重要的角色。1999年1月，东莞在全省外经贸工作会上，获外贸出口特别贡献奖和利用外资先进工作奖，成为全省唯一获得双奖的城市。

有人说，港资是东莞借来的第一艘大船，台资是借来的第二艘大船，还有第三艘借来的大船，就是内地浩浩荡荡的劳动力大军。这也是借，那也是借，说多了好像东莞除了土地，仿佛一切都是借来的。因此，每当经济形势有一点风吹草动，就会有人跑出来危言耸听了：东莞是借回来的城市，出来混，迟早要还的！东莞借来的大船，迟早也是要还的，"东莞模式"已经走到头了。

看一枚硬币，总是要看正反两面。

这种借不是单方面的，而是双向的。如果梁少禧没有借到东莞这条大船，他那家香港小厂还能挨几年？如果郭山辉还在台湾，他要生产多少支球杆，才能一天出上百个集装箱？还有那些南下务工大军，不也是借东莞的这方热土，来实现自己梦想的吗？大家都已经融为一体了，你中有我，我中有你；你就是我，我就是你。这次第，怎一个"还"字了得？

也许，所谓"还"是说原来的船老化了，驶不动了，也再没有新船可借了。但这可能吗？在当今全球一体化的商品体系中，任何商品的制造和销售，都是要靠互相借船才最终达成的，没有谁可以垄断整个产业链。

所以，尽管2016年的经济形势危机重重，但莞商依然保持着一种行到水穷处、坐看云起时的淡定。

因为他们坚信，有海，必要船；有船，必扬帆出海。船靠海航行，海有船才更显生机。

6. 让市场"话事"

"五加二,白加黑,夜总会",这句是流传于东莞,形容工人经常加班的话。其中"夜总会"一说外界亦常用于东莞老板身上,本义是形容当老板不易,"忙得夜里总开会";但传着传着就歪曲成东莞老板爱去夜总会泡吧或泡妞了。这是外界误解莞商又一例。

说到夜总会,不得不说东莞的酒店业,因为夜总会多为酒店业的附属品。

酒店是城市的标志,是社会文明的窗口,也是投资环境的重要体现。所以,东莞的酒店是东莞的一张名片,也是东莞的一个奇观。许多人都说,东莞是个梦幻之城,在这里,一切皆有可能。但没有什么比一个地级市,鼎盛时期居然拥有89家星级酒店,更具梦幻色彩的了。

东莞原来是没有宾馆的。在民国时期,东莞因与香港、广州等地的商业往来频密,是行商会聚之地,旅店业十分兴旺。但从1951年以后,由于九龙海关关闭,国内开展土改、公私合营等运动,"水客"几近绝迹,商业纳入国家计划,民间的商业活动锐减,东莞旅店纷纷歇业或转业。1956年,莞城、石龙、太平、樟木头等地共31家旅店分批参加了公私合营。

1958年是"大跃进"时代,各地农村竞放"亩产卫星"。石龙、厚街、塘厦、中堂、虎门等公社,都放出了水稻亩产"3000斤以上"的

"卫星"（其实，东莞很多地方由于靠近大海，属咸水区，一年中只能种一季水稻，产量较低），各公社互相观摩学习，形成了一阵虚浮的热闹气氛。

旅店业也要大跃进，于是在1959年兴建了樟木头人民旅店，扩建太平旅店，各旅店增设床位，实行"三代"（代客保管行李，代购车船票，代办公差餐）服务。当年从香港过来探亲访友的旅客，都会先在火车站旁的人民旅店落脚，再转车前往其他目的地。

如今的人民旅店，已成废弃的空屋，门墙破败，荒草丛生，阒无人迹，预计离最终被拆除的结局，为时不远了。

东莞最早的酒店，要追溯到1964年建成的华侨大厦。华侨大厦的前身是东莞市政府招待所，虽然只有五层，但已是当时东莞市区最高的标志性建筑物，足以称为"大厦"。

最有意思的是，1972年有一家健康旅店开业，它主要是接待从农村上城里就医的病人，店内还开设了小炉灶，方便他们煎药、做饭。尽管那时全县有546家大队卫生站和近千名赤脚医生，但他们只能看些头疼脑热的小病，真正患上大病，还得往县城跑。因此，对收入微薄的农民来说，在县城能有这么一家他们付得起钱，可以住较长时间的旅店，确实减轻了不少负担。因此，让人感到浓浓的人情味。

但那时的旅店，并不全是这么有人情味的，甚至大部分都是没有人情味的。"文革"期间，几乎所有旅店都取消了本应有的各种服务，旅客要自己打扫房间，自己到服务台打开水；服务员冷若冰霜，臭着脸，好像个个都在服丧期间似的，以至于有的顾客在遇见服务员时，竟有战战兢兢的感觉。这也是自有旅店行业以来，前所未见的事情。

然而，自1978年以后，情况开始转变。从香港回来探亲的人多起来了，第一家"三来一补"工厂也出现了。经营旅店业的东莞县饮食服公司，似乎已从青之末，察觉到春风将至的征兆。因此，他们在资金非常困难的情况下，仍投资扩建了凤凰酒家、太平敦煌酒店等一批酒店，增加床位1880张。但他们的经营手法与经营态度，都没有太大改变，开旅店就好像开衙门一样。

当时，那些旅店设施都是简陋至极，大部分洗手池的出水口都没有活塞，用暖水瓶的软木塞代替；每层楼只有公共厕所，厕位没有门；厕坑积着厚厚的赤黄色水垢，经常堵塞，污水横流，甚至要摆几块砖头做踏脚，才能进出，气味难闻，水箱长满铁锈；房间里还摆着搪瓷痰盂，而且都已锈迹斑斑。这样的环境实在糟糕透顶，但并不妨碍那些服务员保持高人一等的优越感，因为他们在国营单位工作，不用下田。

1984年东莞宾馆开业。"宾馆"这个名称在当时还很新鲜，与"旅店"或者"旅社"这种老土的叫法，划清了界限。门口的牌子写着"衣冠不整，恕不接待"。赤脚、赤膊惯了的农民，被拒之门外，穿背心也不行，穿拖鞋也不行。

第一批穿得整整齐齐进东莞宾馆参观的人，就像进了大观园一样，到处是佳木葱茏、墙花路柳、小桥流水、曲径通幽，游泳池、会所、网球场、宴会厅等设施，一应俱全，既有古典园林的雅韵，也有现代建筑的气派。人们这才恍然明白，原来宾馆不仅是给旅人在途中歇脚睡觉的，还提供了一种高雅的生活方式。

1989年，东莞宾馆、东莞山庄及石龙宾馆，被国家旅游局评定为三星级酒店，成为东莞市首批星级酒店。东莞山庄是由香港的莞籍商人王敏刚投资兴建的，1986年开业，宣传资料把山庄的环境描述得非常美妙，如同世外桃源：广阔的中式和日式园林，翠绿环抱，郁郁葱葱，亭台楼阁，小桥流水，叠潭映月，流水淙淙，乃繁华闹市内的一片绿洲，既体现了清雅玄虚的建筑艺术，也反映着最物质化的生活艺术。

酒店内有一家KTV，豪华包房设计前卫，风格独特，时尚入流，配备高级灯光音响设备，提供一流高档的歌舞娱乐享受，东南亚的热带雨林风情，令人流连忘返，乐此不疲；另有SPA健康中心，由专业按摩医师提供独具特色的泰式按摩、香薰理疗、水疗服务等，让客人"在指掌之间，享受无限"；又有沐足中心，通过按摩达到强身健体、治疗失眠、防病治病的目的，并配合捏脚、松腿、松背、按手等多项服务。这些后来几乎成了所有涉黄酒店的标准配置，蒙上了某种让人想入非非的色彩。

但在20世纪80年代，人心还是很纯朴的，按摩就是按摩，理疗就是理疗，不会想歪。

纵使你想歪了，也不会有你"想要的"。

1990年，全市有旅馆业企业173家，其中酒店、宾馆131家，有客房3793间，床位8531张，开房率60.1%。全市旅馆业从业人员为4587人。与10年前相比，不啻两个世界、两重天。

真正出现兴建高级酒店热潮，是在20世纪90年代中期，以1996年寮步镇金凯悦大酒店开业为标志，这是全国首家乡镇四星级酒店，一时令全城惊艳，从而掀起了一个兴建高档酒店的热潮。金凯悦的老板叫莫志明，那时候靠着做建筑工程等项目，赚了差不多1亿元。

赚了很多钱，却不知道怎么办好，这是那个时代东莞有钱人常有的困惑。莫志明无意中看到一本介绍香港十大富翁发家史的书，发现这些富翁都是做房地产和酒店业的。这本书给他带来了生意灵感，反正钱闲着也是闲着，干脆拿来投资酒店吧。于是，莫志明便一头扎进了东莞的酒店业，带着一种"蒙茶茶"（糊里糊涂）的感觉开始"摸着石头过河"。没想到，顺风顺水，"掂过碌蔗"（像甘蔗一样直，形容事情非常顺利），居然又赚了！他一口气接着开了好几家。

榜样的力量是无穷的，尤其是金钱的榜样力量。其他莞商一看莫志明建酒店赚得"见牙唔见眼"（眉开眼笑）的，便表现出惊人的热情，纷纷投入这个行业。就像当初搞工业区满天星斗一样，搞起高级酒店来，也是满天星斗。

2004年，国家旅游局专家张润钢来东莞考察，看了七家酒店后，用"震撼"这个词来形容他的感受。现已退休赋闲在家、曾任东莞市旅游局局长的李善奴对笔者说："中国改革开放，酒店业发展30多年，最伟大的就是出了一个东莞现象，全都是民营企业。"

民营企业为什么热衷于投资酒店？寮步一家酒店老板在回答记者提问时说，很简单，因为钱多没地方放，投资酒店租出去还能收回现金。

噢！钱多了也烧人啊！没钱是难题，有钱没地方放，更是大难题。东莞政府在2000年以后大力推动经济升级转型，其实莞商早就意识到了。他们热衷于投资第三产业，就是想转型，但苦于民间资本的出路非常有限，让人很纠结。

东莞本土杂志《看东莞》认为，制造业赚钱太难，做得太辛苦了，本地商人都不太愿意从事了。东莞酒店业兴盛的背后，实则是东莞民间资本雄厚的一个写照，这背后是大量本土民营企业家在第二产业积累的资金的抽离。作为服务业的酒店行业，做着不累，易赚快钱，且保本增值。因此，东莞不少星级酒店的背后，往往都站着本地的民营企业大佬。

但也不尽然，位于南城莞太大道的银城酒店，是东莞第一家五星级酒店，它就是一家国有企业，背后站着的是建设银行这样一位巨人。1995年12月，银城酒店竣工试业，拥有总统套房、行政套房、豪华套房、小套房、豪华客房等333间客房，共456个床位，是当时东莞规模最大、档次最高的酒店。1997年9月被评定为五星级酒店，成为东莞市第一家五星级酒店。它不仅承接了东莞绝大部分的市政府接待任务，而且许多东莞人的亲戚从香港回乡探亲，都是指定要住银城，想订个房间还不容易呢。多少人为它骄傲，《东莞时报》甚至把它称为莞人的"心灵地标"。

进入20世纪90年代后，东莞企业数量日益庞大，各个镇街的产业群亦初见规模，各种展览会愈办愈多，媒体记者不是在赶往开幕式的路上，就是在赶往闭幕式的路上。来东莞采购产品、洽谈生意、参加展会、开会培训的人，呈几何级数增长，对酒店的需求急剧增加。

于是，有更多的酒店在农田中崛起，像韭菜一样疯长。站在豪华酒店的大堂往外望，只隔着一条公路，对面很可能还是一片破败的农舍、猪圈、枯萎的蕉林和杂草丛生的淤塞河沟。从那些荒废掉的水利设施上，可以想象这里也曾经是绿油油的菜地、黄澄澄的稻田，但现在已无人耕种了，都等着盖酒店。

不少莞商从会展业的兴盛中，看到酒店业的"钱途"，争先恐后地把钱投进去。兴建那么多星级酒店，固然有筑巢引凤，吸引投资者的作用，但同时也有营造现代大都市的象征意义，所以大家都乐此不疲。

2003年9月的《南方日报》称：东莞市现有星级酒店77家，其中五星级7家，数量超过广州和深圳，居全省之首。半年之后，即2004年8月，东

东莞南城鸿福商圈

莞市五星级酒店增至13家。其增长速度之快，简直让人匪夷所思。香港文化名人梁文道，便称印象中的东莞是一个"由工厂和酒店组成的城市"。

市场反馈回来的信息，似乎也很乐观：2002年在东莞举办的各类会展，就有57个之多，参观人数约300万人次。加上其他游客，一年就有929.59万人次到东莞游玩，旅游收入达72.5亿元。

尤其每年挨近年尾和新年开春之际，各公司企业举行的团拜会、开年宴、总结会、表彰会，以及一年到头开不完的研讨会、培训班、进修班、工作会议，让所有酒店都爆满，酒店老板笑得见牙不见眼。市场如此红火，危机何在？反倒让人觉得，酒店数量再多，仿佛也赶不上市场的需求。

长安镇成为当时全国拥有五星级酒店最多的镇，这个现象引起人们的关注。据《南方日报》分析，东莞五星级酒店业之所以这么兴旺，不外乎三个原因：一是地处粤港澳三角的优越地理位置，来往方便；二是外向型工业发达，展会、培训等商务活动十分频繁，有一个相对稳定且具有相当实力的庞大消费群体；三是东莞为酒店业投资者创造了一个宽松和谐的环境，民营资本源源不断地注入酒店业。

但这都是挑好听的话来说，并没有解决民间资本的出路问题。因此，尽管不断有人惊呼，东莞的酒店已经饱和了，该刹车了！再不停下，就有冲到悬崖下面的危险了！但刹车谈何容易。一个现实的问题是：在民间资本找到更好的泄洪口之前，酒店业一旦降温，巨量的资金往哪儿去？市场上游资汹涌，找不到出路，比酒店供过于求，更加吓人。

这个难题不解决，想理性降温，只是空谈快意。

危机终于来了。

2008年，金融海啸横扫全球，以外向型经济为主的东莞，亦难逃锋镝。第一家五星酒店，恰好第一个倒下了。曾经以"家门口的五星级酒店""东莞人自己的五星级酒店"著称，令东莞人骄傲的银城酒店，这时已濒临倒闭。

其实，从2005年开始，酒店屡屡出事，已有不祥之兆了。先是2005年酒店卡拉OK歌厅播放香港歌星容祖儿的歌曲，遭到香港英皇娱乐公司起诉。2006年又因桑拿部涉黄被查，不得不关掉了桑拿部。2007年底，境况愈加不妙，酒店内的店铺陆续关门，结业走人；停车场里的车愈来愈少；保安也看不见了；门口的喷泉也不再开了，喷头被铁锈堵死，干涸的水池里，满是败叶，砖缝长出青草。当空气中都弥漫着凋敝的气息时，凋敝也就不可避免了。

酒店东家多方努力寻找新股东承包，均告流产，令市场谣言满天飞。《南方都市报》记者去采访，他看到的景象令人心酸："如今（酒店）虽然风韵犹存，但门前零散停着的小车，却把它的窘境出卖了。尤其是在东莞中华美食街——银丰路车流如梭的衬托下，这种衰落的景象更显得扎眼。但在夕阳下，银城银白的墙体以及墨绿的玻璃，依然银光四射，气质犹存。"

如果它的墙体不那么银白，玻璃不那么墨绿；如果它已杂草丛生，玻璃破碎；如果它的装饰与家具都被拆得七零八落，或许还好一点，可它偏偏还是银光四射，一副高贵的模样，却连一个人影也没有。大堂、咖啡厅、保龄球馆、健身房、网球场、游泳池，全都寂静无声，空空荡荡，弥漫着一种超现实的荒凉感。酒店所有电梯都是静止的，每个自动扶梯口，都摆上一盆植物，以示此路不通。只有墙上挂钟的指针，还在"嘀嗒嘀嗒"地自顾自转着圈，不管人间的悲与欢。记者不禁慨叹："银城酒店走到今日不过13年，如同懵懂少年，13岁应该风华正茂，青春无敌，可惜银城酒店好像睡眼惺忪，朝气尽失。"

这家未老先衰的酒店，直到2010年底，才由美高美酒店及东莞青旅联合注资，成立新银城酒店投资公司，以承租形式，投入6000万元装修，重新开业。但情况并未真正好转，2012年全国旅游星级饭店评定委员会发布公告，取消银城酒店五星级旅游饭店资格。这对正在艰难浮上水面的酒店来说，就好像当头挨了一棒，重新打回水底。

2013年，银城酒店在产权交易中心挂牌，再次寻找新的"主人"，可惜无人敢接盘。2014年4月，在东莞阳光网上登出了一则新闻："经历了前三次的无人问津后，东莞银城酒店的股权和相关资产又一次在产权交易中心挂牌转让。四次转让，银城酒店的股权价格一次比一次便宜，表明这家五星级酒店急于找到买主。"

银城酒店寄托着莞商对改革开放初期那段黄金岁月的集体记忆。它的命运，具有警醒的作用，但在银城酒店的后面，却有数不清的酒店，正排着队准备开张。

广东电视台在2014年初播出一则新闻，声称无论是官方还是民间的统计，东莞五星级酒店的密度，在全国都占第一位。即便放到全球范

东莞厚街嘉华大酒店

围，五星级酒店的密度，也能排在前十。东莞市居然有78家星级酒店，其中有20家五星级酒店、26家四星级酒店以及32家三星级酒店，还有18家按星级酒店配置，但没去评星级的酒店。

有人在"百度知道"里提问："请问东莞总共有多少家酒店？"回答是："没有几百家也有几千家了，晕死了，你又不是工商局的，估计工商局也不能回答。"后来，有人在遇见东莞市旅游局官员时，真的好奇地问，东莞到底能容纳多少高级酒店？这位官员回答："东莞酒店是否多了，应该交给市场'话事'（做主）。"

从当年一家酒店也没有的农业县，到后来的拥有东莞宾馆、银城酒店，再到今天的星级酒店遍地，东莞的酒店业走过了一段很漫长的路，中间也走过不少弯路，经历过好几次升级转型。

转型的阵痛，在2014年冬天，开始逐步显现，不少酒店陷入了经营困境。在厚街有15年历史的珊瑚酒店，挂出了"整栋出租"的横幅，但一直挂到横幅已经褪色，似乎还没有人接盘；有些酒店打出中餐消费500元以上，即可免费送客房一间的优惠广告；有些酒店把豪华夜总会改成平民消费的量贩式KTV，不求赚钱，只求增加点人气。

在新的形势面前，东莞酒店行业正面临着重新洗牌、优胜劣汰的巨大压力。转型升级不仅是东莞酒店行业的一种口号，也正在成为一种实实在在的行动，成为不可逆转的趋势和潮流。东莞各级政府不仅出台了不少含金量比较高的政策，保护酒店投资者的利益，而且还通过提高办事效率、规范行政行为、开通办事绿色通道，给予酒店业宽松和谐的投资环境。

长安镇的莲花山庄是一家山水式五星级酒店，2015年，酒店管理层决定向"农家乐"转型，辟出数十块菜地出租给市民种菜。莞城和虎门部分知名酒店目前均已将大部分楼层开辟成了写字楼和银行、律师事务所等。东城区景怡酒店的转型更是让人耳目一新，它借助大众创业、万众创新的潮流，改造成了一个创意产业园，从办公设备到配套的工商税务法律服务等一应俱全。创业者每月最低只需400元，便可以轻松拎包入驻创业，无须其他任何费用，远比租用写字楼实惠多了。

常平的一位酒店经理说，常平100多家酒店，无一盈利。他形容这是他从事酒店业20多年来最困难的一年。2014年东莞星级酒店（宾馆）比上一年减少了26家，即从89家减至63家，其中四星级酒店减少5家，五星级酒店减少1家。整体客房开房率为51.2%，同比下降5.67个百分点。

一位业内人士解释称，酒店业的由盛转衰不是东莞一个地级市的问题，而是全国普遍存在的问题。东莞市政协委员刘蕾坦言，这既有近年来中央出台"八项规定"和"六项禁令"的因素，也有受东莞经济增速波动等因素的影响。

东莞酒店业出路在何方？经济寒冬中，莞商依然淡定：让市场"话事"！

其实，绝大部分莞商——包括经营酒店业的商人——都不愿意自己的产业涉黄。有头发谁想做癞痢头？不是混黑社会的，谁想靠作奸犯科挣钱？但经济发展，大浪淘沙。人处其中，难免心生迷茫，走错方向，便有个别人一失足成千古恨。运动式扫黄也许是最简单的办法，但治标不治本。治本的出路是酒店一定要找到合法赚钱的模式。

走差异化竞争之路就是一招。例如，宏远酒店以餐饮见长，御景湾酒店主打幽静闲适的感受，会展酒店以会议为主攻方向，八方快捷酒店吸引有个性化需求的顾客，黄江镇新建的五星级度假酒店希尔顿定位为家庭旅游服务，等等。强化各自独特的销售主张优势可以使东莞众多的酒店避免重复竞争，同时也可获得更高的回报率。

东莞一家乡镇五星级旅游涉外饭店对经营酒店有自己的心得：东莞人生活水平提高了，肯定不满足于长期在家里吃好一点、穿好一点，一定会来酒店消费。东莞人富起来了，肯定会从热衷于外出旅游慢慢过渡到在本地休闲度假，这将是东莞旅游业的未来趋势。只有以休闲、养老、亲子、旅游为切入点，才可以促进酒店业的可持续发展。他们推出了家庭亲子特色房、室内儿童乐园、水上儿童欢乐堡，并开放"开心农场"，把亲子活动作为开发家庭市场的突破口，以提升家庭客源市场份额。"目前，家庭度假占据了我们酒店1/3的业务量，每逢周末或节假日，酒店客房大多爆满，平均入住率逾90%。"

这家酒店把树正气、走正道、出正果作为最高宗旨。这是对经营者的道德要求，但根本的出路，则有赖于健全的法制环境，有赖于健康的市场环境。这就是结论，也许是唯一的结论。由一个健康而自由的市场来决定，东莞到底需要多少酒店，经过市场的筛选、淘汰，达到供需的平衡。

说到东莞的酒店业，我们绕不过2014年"扫黄风波"的话题，本书的写作亦是如此。这一年，由中央电视台《焦点访谈》暗访曝光开始，东莞掀起了一场有史以来最大规模的扫黄风暴，警方出动6525名警力，在公安部、广东省公安厅督导组的专项督导下，每个分局、每个镇的清查组，对全市220家桑拿、672家沐足店、362家卡拉OK歌舞厅和694家其他娱乐场所进行了突击检查，12家涉黄娱乐场所被查封。该封的封了，该抓的抓了，一批平时不作为的官员亦因此丢了乌纱帽，或接受诫勉谈话。

经过几轮猛烈的扫荡之后，东莞街头似乎清静了许多。两个月后，一位中央级媒体记者再访东莞，他发现："年初的整顿风暴，给整个东莞的夜生活来了个急刹车，关门的不仅是夜总会、桑拿和洗浴中心，还有各式各样的酒吧、会所和足疗店。一夜之间，东莞年营业额超300亿元的酒店业也骤然产生连锁反应。"

连锁反应是难以避免的。谁都知道第三产业靠色情来支撑不是长久之计，这一天迟早要来的。东莞要去掉民间戏称的"性都"这个标签，酒店业责任重大。

于是，撕掉民间戏称的"性都"标签，还我一个朗朗乾坤、清平世界，成为莞商的共同愿望。"扫黄风波"之后，一首在坊间流行的歌曲《我爱东莞》，便唱出了东莞人要"撕掉标签"的心声：

你说底蕴缺失，不过从无认真倾听
为东莞正名，原来做错都经改正
可否说声
为东莞正名，繁华城市渗透憧憬
这里海纳百川，千万人都可表证
为东莞正名，全城团结创造价值
重新倾听
……
东莞我爱你，我在这里不离不弃
生活靠我双臂，奋斗撑起这片土地
东莞我爱你，撕掉标签从中抽离
我们一起
……

这首歌再次引起东莞网友的强烈共鸣，许多人在网上激动地发言——

"这首歌超好听！同为东莞人，好自豪！我要将这首歌设成我的手机铃声！"

"这首歌很赞！"

"这首歌超！好！！听！！！"

还有一些在东莞务工多年的新莞人也为之喝彩："作为半个东

莞仔，我永远支持东莞！东莞真是一个好地方，让我们一起为东莞加油！"

甚至有些已离开了东莞的人也说："我到过东莞，东莞是个很美的地方！我为东莞证明！"

"我一边唱这首歌，一边想告诉大家，东莞曾经有过不光彩的东西，但是现在我们有更多发光的东西。"

那个曾经让东莞、让莞商蒙羞的标签，正在撕下。

自2015年以来，陈道明、周立波、窦文涛、王志东、何镜堂等各界名人纷纷为东莞点赞。对东莞遭遇的城市形象风波，陈道明表达了自己的看法：一张再漂亮的脸蛋，也难免会有雀斑和疤痕，这很正常。这些小麻点，治治就好了，也不必过于担心。《中国青年报》首席评论员曹林来东莞实地采访感受后，撰文评论："为什么听到东莞名字时我不再暧昧地坏笑？因为东莞是现在国内最正派的城市。"

2017年11月，喜讯传来：东莞成功蝉联"全国文明城市"，实现"四连冠"，成为名副其实的"老牌全国文明城市"。东莞官方在新闻发布会上答记者问说，"如果要把东莞比作一个人，我认为东莞是一个怀抱梦想、富有激情、充满活力、敢想敢干、不断进步的年轻人"，"对于文明城市这块牌子，我们有底气"。

7. "无中生有"的本事

2016年的"两会"上，李克强总理说：广东人能干、会干。广东人不仅有"敢为人先"的精神，还有"无中生有"的本事。只要给一个政策，哪怕没配套资金，也能从中淘出"金子"来。我们日常所说的"无中生有"，也是包含贬义的味道，但是在大国总理口中，"无中生有"却变得别有一番韵味。

李总理点赞广东人具备"无中生有"的本事，无疑是对广东人克服困难，敢于探索、勇于创新的思想理念和生产实践的高度褒奖。"无中生有"在总理的口中，就是一种创新创造的实践，一种敢为人先的精神，一种凌驾于现实困境之上的突破。也正是因为广东人具备了"无中生有"的本事，才能在改革开放中屡出奇招、新招，才能在抵住经济下行压力中屡战屡胜，才能让广东发展不断呈现出新局面。

李总理为广东人点赞，当然也包括了东莞人，包括了莞商。而商业上的"无中生有"，恰恰是莞商的拿手好戏！如果说，"敢为人先"代表了一种引领潮流、敢于冒险的理想主义精神，"无中生有"代表的则是白手起家的开创精神、脚踏实地的实干精神。"无中生有"与"敢为人先"一起，构成了莞商的精神底色，这也是改革开放的精神内核、莞商高水平崛起的创新驱动。

古希腊哲学家阿基米德说：给我一个支点，我可以撬起整个地球。

阿基米德没有找到支点，也没能撬起地球，更不会想到，敢为人先的莞商，对他的"雷"语进行了精彩的演绎：给我一个政策，我可以挖出真金白银。

改革开放初期，邓小平鼓励广东大胆实践，说："中央没有钱，可以给些政策，你们自己搞，要杀出一条血路来。"其实当时即便是中央给了些政策，主要还是给深圳办特区的，东莞可分享的并不多。

但东莞人靠解放思想，活用政策，大胆开拓，硬是当上了开路先锋。他们率先尝试把土地的价值释放出来，让它既有使用价值又恢复其交换价值，使一家家工厂在原先只种香蕉、荔枝、甘蔗等农作物的土地上迅速崛起，并开花结果变成腰包里一沓沓花花绿绿的钞票，让祖祖辈辈耕地种田的农民先富起来，成了"万元户"。

几年之后，奇迹不断发生，"十万元户吃饱喝足，百万元户刚刚起步，千万元户不算太富"居然成为真实写照。"无中生有"，变化之快，让人惊叹！

东莞本是个农业县，有木鱼歌唱道："东莞古来好地方，蕉林蔗海翻碧浪啊，荔枝芒果甜过糖。"如今，东莞却成了名扬国际的制造名城，昔日种植香蕉、甘蔗的土地生长出了八大支柱产业：电子信息制造业、电气机械制造业、纺织服装制造业、家具制造业、玩具制造业、造纸及纸制品业、食品饮料制造业、化工制品制造业。这些特色产业分散在32个镇（街道）上，有如八仙过海，各显神通。许多专业镇的发展模式和虎门有异曲同工之处，都是从"三来一补"或某一产品的销售做起，再利用对行业的了解转向生产，渐渐开始形成特色产业，再通过一些会展加速自己的发展马力，形成极具竞争力的专业镇。

更不可思议的是，在这些领域里，东莞压根就不是原产地，但却硬生生地把它们做成了支柱产业，可谓"无中生有"，平地矗起万丈高楼。略举几例：

毛织——既没有养羊产毛的产业,也没有从事毛织行业传统的大朗镇,却成为全国最大的羊毛衫生产基地,"温暖"着整个世界。拥有毛织企业4000多家,从业人员逾10万人,年销售毛衣12亿件,全球平均每5个人就有1个人身着大朗生产的毛衣。

茶叶——东莞不生产茶叶,却被誉为"藏茶之都"。历年来收集的普洱茶已到了"可怕"的境界,东莞民间每年的普洱茶收藏占据了云南总产量的1/5,累计的藏茶量已突破30万吨。这么多茶叶可供全中国的老百姓喝足三个月!有"藏茶大王"之称的莞商蔡金华先生,在长安租了一座65亩的山头,投入了8000多万元,开辟成8万立方米的茶仓,而茶仓里面的藏茶超过7000吨,市值30亿元!真让人惊呆了!

玩具——莞商很可怕,不产生塑料、毛绒等原材料,但东莞硬生生地把玩具业做到了全国前茅,每年出口的玩具价值40亿美元,占全国玩

东莞不产晶体硅,但出品的智能手机席卷全球

具出口总值的30%。全国玩具产业，东莞三分天下。

或许有很多人都不会知道，好莱坞的道具很多是东莞生产的。比如风靡全球的蓝色外星人"阿凡达"的演出道具就是在东莞制造的；史诗巨作《指环王》，还有《罗宾汉》《金刚》等大批好莱坞卖座电影的道具都是"中国制造"，制作基地就在东莞。

手机——东莞不产晶体硅，但出品的智能手机席卷全球，除了步步高、华为、酷派、OPPO、vivo等手机之外，小米、苹果、三星的部分关键原件也是在东莞制造的。但凡你能想到而且稍微知名的手机品牌都和东莞有莫大的联系。完整的产业配套，成为东莞智能手机脱颖而出的关键因素。中国电子信息产业发展研究院广东（东莞）战略性新兴产业研究中心主任龚佳勇表示："松山湖拥有华为终端、宇龙酷派研发基地、华贝科技，OPPO、vivo雄踞长安，大岭山有金立手机生产基地，大朗有酷比手机，塘厦有奥克斯智能手机。整个东莞就是一个完整的手机产业地图。"

但莞产手机正如莞商的性格，低调而务实。据统计，全球每8部手机中就有1部是莞产手机。可怕的数据在这里：2015年东莞智能手机产业出货量超过2.6亿部，占全球出货总量的1/6，总产值超过2100亿元。

2016年10月13日，国务院总理李克强在东莞"OPPO移动通信"考察时说，你们从步步高时期的传统产业，跃升到如今生产高端智能手机，实现了华丽转身、破茧成蝶，是制造业转型升级的范例。

Golf（高尔夫球）——塘厦镇是高尔夫球产业专业镇，做得有多牛？看看以下的数据便可知：制造和销售企业已超过140家，相关产业总产值超过30亿元，所生产高尔夫球具占全球总数约四成！

家具——东莞不产木料，却拥有家具出口第一镇和亚洲最大的家具博览会，集中了全球80%的知名品牌。

皮鞋——东莞不产一块皮料，每年却生产鞋超6亿双，耐克、阿迪达斯、锐步、NB、彪马,你能想到的运动鞋品牌都在这里有工厂。英女王穿的普拉达,也是东莞制造的。

还有樟木头成为"缤纷小香港"、道滘成为"岭南珠宝小镇",南社古村成为旅游胜地、东莞会展业、"金融一条街"等,无一不是大胆创新、"无中生有"的杰作。

当然,这些特色产业发展的导演、推手是东莞各级党政部门,但主演这一出出大戏的,无疑是莞商。比如樟木头镇掀起香港人跨境买房置业高潮,最终推动整个城镇发展成为港味十足的"缤纷小香港",就是因为有来自香港的邓兆华、钟汉强等莞商的大力推动。2002年,樟木头还专门针对火爆的港人置业市场举办了第一届香港人旅游节,以节庆活动进一步搭建房地产招商发展的平台。现任东莞市新都会酒店董事长的钟汉强回忆道:"那段时间,樟木头大街小巷人来人往,夜如白昼,熙熙攘攘的香港人在樟木头的各大食肆及餐馆吃饭,在各个楼盘间穿梭,可谓流连忘返。那个时候外地人到樟木头来,的确会误以为这里就是香港。"

隔着历史的尘烟,可以触摸到那个年代的生机勃勃。且看看莞商这些"无中生有"的"威水史"(光荣历史)——

1978年8月,中国第一家"三来一补"工厂太平手袋厂建成;

1979年4月,中国第一家农村引进的"三来一补"工厂张氏发具厂建成;

1988年8月,中国第一家保健品企业集团太阳神在黄江镇成立;

1989年10月,东莞市当时最大的中外合资企业福安纺织印染公司建成投产,该公司计划总投资10亿港元;

1990年,中国本土第一家采用"八统一"规范经营的连锁超市美佳(后改名为美宜佳)诞生;

1993年12月,中国第一家民营篮球俱乐部在宏远集团成立;

1998年5月,中国第一家乡镇五星级酒店三正半山酒店建成;

东莞第一家使用机器人的民营"无人工厂"长盈精密

2011年3月,东莞康华医院被评为全国首家最大规模的民营三甲医院;

2012年9月,世界莞商联合会成立,成为地级市注册"世界级"社团的中国首例;

2015年5月,东莞第一家使用机器人的民营"无人工厂"长盈精密公司投入建设。

20世纪90年代以来,东莞善于造"节",各种节庆文化异常发达,有卖身节、七巧节、荷花节、龙舟节、赏花节、花灯节、毛织节、服装节、美食节等此起彼伏,商机勃勃。

此外,东莞诞生有中式快餐第一品牌真功夫;有中国第一个引入CI的企业太阳神;有中国开办最早的连锁超市美宜佳超市;有凉茶行业的第一品牌加多宝;有每天向全国及海外地区供应超过5万件休闲服的服装品牌以纯;有当代中国家用电子企业的发展典范步步高、金正,还有收音机行业的领军企业德生,它制造的HAM-2000,如今已是发烧友眼中

东莞有"篮球城市"的称号

的经典,在美国的零售价高达500美元,被称为"中国人一手制造并在美国销售最贵的家电产品"。

当然,这里还有"篮球城市"的称号。篮球已经成为东莞最响亮的城市名片之一,一个城市拥有四支民营的职业篮球队,在全国绝无仅有。

……

从这些牛气冲天的"第一"中,人们可以看到,这正是莞商"敢为人先""无中生有"的精神特质的具化。

在笔者看来,"无中生有"既是一种精神,也是一种思维方式。若从经济发展的视角来剖析,"无中生有"可以从资源、环境和需求三方面理解。通俗地说就是:没有资源,聚合资源也要上;没有条件,创造条件也要上;没有需求,制造需求也要上。

放眼全球莞商,马来西亚双威集团董事长谢富年利用采矿废墟建造双威城的故事,堪称"无中生有"的经典。1974年,大批矿主在吉隆坡将锡矿采挖一空后纷纷撤离，昔日繁忙的矿区成为废弃土地，目之所及，尽是连绵不绝的超大坑洞，雨季一到，还形成此起彼伏的"千湖"。异想天开的谢富年却在这时候"杀"入，以超低价买下了这片荒芜的弃地，建成了一个占地5000亩，融娱乐、水上乐园、度假酒店、会议设施、购物广告、医疗教育和住宅为一体的现代化休闲度假城镇，并成为马来西亚最具代表性的旅游胜地。

此项目让谢富年一战成名。2010年，谢富年以净值3.5亿美元的身家，跻身福布斯富豪榜马来西亚榜单第18名。

在东莞，长安是各镇发展中相对较晚的，眼看着可以生财的来料加工厂纷纷落户虎门、大朗等地后，长安无论是政府官员还是平头百姓，看着自家那一片片荒山和农田还一个小厂也没有，个个着急得上火，天天把凉茶灌到随身携带的水壶里喝，恨不得也跑去香港借只母鸡回来生蛋。

长安镇已成为"全国百强镇"

为了引进"财神爷",长安所有的党员、干部全部出动,带上干粮和一大缸白开水,"潜伏"在深圳罗湖口岸,眼巴巴地搜寻着从香港入境的人,一见到商人模样的人就立刻迎上去"拉客",游说他们来长安开工厂。费尽九牛二虎之力后,好不容易才拉来了几个八竿子也打不着的"亲戚"。可这些港商到长安一看,摇摇头就走了。招商引资一年多,来长安看过田看过地的商人也算不少了,可就是没有一个肯亮出真金白银的。

到底为何?

原因是明摆着的:长安太穷了,没路、没电、没厂房,尤其是整个长安连一间厂房也没有。厂房都没有,怎么投资?就算人家愿意把鸡借给你下蛋,好歹也得弄个鸡窝啊,更何况你还想引来香港的金凤凰。

大伙儿一讨论,决定改变思路,要筑巢引凤,把希望港商来长安买地建厂房办企业的思路换成自己盖好厂房再去招商。"港商也很精啊,他到你这里投资办厂,也是有很多顾虑的,将那么多钱砸进去,万一发生政策变化怎么办?万一亏损厂房又怎么办?所以我们必须把厂房建好才能招得到商。"

先建厂房,再去招商,这当然是个好办法。可是,下一个问题又让大家发蒙了:"盖厂房的钱又从哪儿来?""有钱这事谁不会办?可实在没钱能咋办?"

"贷款!"

"贷款要抵押,可我们拿什么抵押?"

公社书记肖灼全两眼放光:"我最近查了一些文件,也向有关领导打听过了,我们可以先成立一家农工商公司,然后以公司名义做担保,这样不需要实物抵押也能贷到款。"

肖灼全眼里的这道光芒,瞬间变成了一把火把,把大伙儿烧得全身热血沸腾。"叻!就咁话事!"(聪明,就这么干)

果然，厂房一盖起来，港商紧跟着就来投资办厂了。开达玩具厂是当时长安引进规模最大的加工厂，仅用一年多时间就发展成员工1000多人。第一批招工就100多人，当时公社把这些招工名额分配到各村里，村民可高兴坏了。这样既解决了村民的就业问题，又能为家庭增加收入，大家尝到甜头后，开足马力继续招商。

于是，白纸一张，只有土地的长安，就这样在艰难中蹒跚起步，开始了从农业化乡镇转型为工业化城镇的历史性转变。如今，长安镇已成为GDP逾500亿元、人口100多万的"全国百强镇"，其"中国五金模具名镇"的名头更是名满中国。长安人今天的幸福生活让人眼馋，就连那些当年向往"天堂"而逃港的长安人，也免不了感慨万千："你们在长安月月有福利，年年有分红，医疗有报销，退休有钱发，我们在香港都不如你们啊！"

抚今追昔，不得不惊叹长安"无中生有"的无穷魔力！而这种魔力的产生，指挥棒正是改革开放！

8. 不一样的"东莞模式"

沧海桑田，东莞的"莞"字，蕴含着东莞悠久的商业历史和莞商的经营智慧，莞盐、莞草、莞香、莞糖等，便是例证。时代的车轮滚滚行驶中，东莞还有一样更是打上了特定烙印，那就是"莞造"，即"东莞制造"。

东莞制造业的迅速崛起和发展高度，绝不是一般意义上的"莞造"，而是贴着"东莞制造"标签的一部历史传奇。对中国老百姓来说，今天的东莞，影响最大的莫过于贴着"东莞制造"标签的各种制品。从电脑组件到软饮料，从家用电器到智能手机，从家具沙发到雀巢咖啡，从毛织服饰到皮鞋领带，人们生活中的每一个环节都和东莞发生着密切的联系。

有人说，正是因为这些点点滴滴，才使得东莞创造了2017年GDP7582.12亿元的奇迹。

改革开放之初，那些顶着"投机倒把"和走私恶名，偷偷从香港和深圳贩运"洋货"的小商贩，他们是新一代的莞商，生命力比野草还顽强，尽管屡屡受到"扫荡"，但"野火烧不尽，春风吹又生"。借着改革开放赋予的机遇，他们要光明正大地把香港商人请到东莞，开设工厂，直接生产"洋货"，在市场上堂堂正正地亮出"东莞制造"的招牌。

时间就是金钱，效率就是生命。港商办事讲究时效性，他们非常忌讳和痛恨的事就是浪费时间和精力，做无谓的消耗。

人请进来了，怎样留得住？

人留住了，怎样办成事？

"怎么办"这个大问号，一度成为东莞决策者和引资者首要面对的一个亟须解决的问题。莞人的大智慧和大魄力开始显现——专门设立了一个在全国独一无二的机构——东莞县对外加工装配办公室，宣称"一个窗口对外，一个图章办事"，为"三来一补"企业提供办事一条龙服务。只要能引来外资，从洽谈、签约、工商登记，到报关、办理进口许可证等，都可以在一个窗口搞掂，投资者不用敲几十个门、看几十张脸、盖几十个公章了，一般做到一个项目快则几十分钟，慢则一天办成手续。

这在当时的中国，几乎是不可想象的事。

时隔30多年后，李克强总理在2015年全国"两会"期间，还痛批了东北某地办事找有关部门盖了108个公章，前后花了一年多时间的事。东莞别的不说，光是这个窗口的高效率，就已把之前30年的计划经济时代瞬间比下去了。

这个全国首创的办事窗口共设了10年，"简除烦疴，禁察非法"，反响巨大。窗口投入运营后，品牌效应凸现，外商闻风而动。一时间，投资考察的，洽谈签约的，奠基开工的，追加投资扩大办厂规模的，各路人马携带数以亿计的资金纷至沓来。仅在头两年，全县签订以"三来一补"为主要形式的各种协议便达1057宗，其中已经有成品出口的776宗，收入加工费3914万美元。从1978年至1991年，东莞引进外来资金累计达17亿美元，为全国县级城市之冠。

当时的东莞，许多行政单位都增加了一项新的职能：一切围绕招商引资这个中心，审批手续一切从简，甚至在码头的人群中，也开始出现东莞工商管理等部门的人员，银行、邮电局等部门紧随其后，审时度势迅速修改相关制度，延长工作时间……总而言之，只要能为"三来一补"服务的，一路开绿灯！东莞具有脚踏实地的作风和"干起来再说"的态度，胆识和担当兼具，当时已经大踏步地走在中国其他地区的前列，为改革开放探索铺出了一条"血路"。

莞商引进外资，开始在村头村尾搞起加工业时，并没有什么改天换地的雄心壮志，也没有意识到自己在开创着东莞（乃至广东、全国）由落后农业走向现代工业的历史，他们无非是想在种田之余，让乡亲有机会赚点外快，改善一下穷了几十年的生活而已。他们心里算盘拨的，无非也是成本、利润、加工费、运输费等一类琐碎细节。

然而，一部皇皇的历史鸿篇，就在他们的不经意中谱写出来了。

也有人认为，他们只不过是因为香港把制造业转移到珠三角，才冷手执个热煎堆，甚至有人以今天经济的新一轮升级转型为由，质疑当初的劳动密集型组装加工业，是否从一开始就错了？为什么不能在起步时就搞自主创新高科技？为什么不能在洗脚上田时就注意环保？为什么非要走别的工业国在原始积累时走过的高消耗低产出的老路不可？

面对这些质疑，我们应该站在客观和历史发展阶段的角度去看。

这种事后诸葛亮，打打嘴炮而已，一毛钱成本也不要，谁都会说。你让东莞人在20世纪80年代初，把牛棚猪栏一拆，就建起高技术含量、高资金含量、高附加值率的高新技术产业，那是本末倒置。未学行先学走，就好比一座摩天大楼，地基还没打，就要从第九十九层凭空盖起，这可能吗？

路是要一步一步走的，叉烧包也是要一口一口吃的。一个时代的人，只能做一个时代的事。

正是当年在莞盐、莞香、莞草市场上呼风唤雨的莞商后代，千里之行始于足下，通过最初级的加工业，为地方发展积累了第一桶金，才给今天的人们留下了谈论升级换代的本钱。他们的功业，值得在历史上大书一笔。

改革开放初期，有一个很激动人心的说法，叫作"孔雀东南飞"。全国各地千千万万的劳动者，有如百川归海，投奔到珠三角这片热土。对被捆绑在土地上几千年、被限制迁徙流动几十年的中国人来说，能够自由地离开家乡，到遥远的他乡闯荡，本身已像一个五光十色的梦想，吸引着他们的脚步了。

这时，东莞向他们敞开了海纳百川的胸怀，伸出了摇钱树般的臂弯，"到东莞来吧，只要肯干，打工一个月赚的钱比得上你在家种地半年"。

在无数本地与外来追梦者的共同努力下，东莞迅速崛起。几乎每天都有新工厂开张，每天都有新楼房盖起来，每天各个乡镇、各个行业都在上演不同的传奇故事。东莞的工业化，就从最初的"三堂经济"——利用旧祠堂、旧会堂、旧饭堂，搞些来料加工的小工业起步，家家点火，村村冒烟，很快就把国际资本、港资、台资、侨资都吸引来了，其发展速度之快，超过历史上的任何时期。

东莞的名字，开始频频出现在各种媒体上，被誉为"东莞奇迹"。经济学界刮起了一阵东莞旋风，人们开始热烈地讨论什么叫"东莞模式"了。

"东莞模式"大致可以归纳为：由东莞提供土地、厂房和后勤保障，中国内地省份提供廉价劳动力，外资提供资金、设备、技术和管理，共同组成一个以外销市场为主的加工贸易体系。这些年，外界描绘"东莞模式"时，必不可少的解说词是："三来一补"、外资进入、加工贸易、产业聚合……

东莞人把这叫作"借船出海"。但从另一个角度看，港商、台商到东莞投资，何尝不是向东莞"借船"？这种模式投入少，见效快，易于复制，所以像野火燎原一般，快速蔓延开来。这不是经济学家预设的模型,而是莞商在实践中摸爬滚打,磕磕碰碰,一步一个脚印走出来的。用今天的眼光来评判,"东莞模式"并不完美,从长远来看,也确实存在不少副作用。但世界上本来就没有什么完美的经济模式,任何模式的存废,都与当时、当地的条件相关,正所谓"任何存在的事物都有其存在的理由"。

每个国家、每个地区的工业化进程,是由其内在的逻辑决定的,该走的路一步也不会落下。任何一种生产方式都不是从石头里蹦出来的,也不会像烟花一样燃尽即灭。它们总是前有所承,后有所启。当它发展到自身极限时,突破创新,便会顺势而生。拉开历史的距离来看,时代场景的灯暗转场,产业结构的转型升级,就像乐都手表当年在广东投放的粤语广告所说的:"迟唔会迟,早唔会早,时间啱啱好(刚刚好),样样有分数。"

说莞人天赋极高,并非夸大其词,他们确实表现出超乎寻常的市场感悟力。早在"三来一补"企业轰轰烈烈上马时,他们已开始探索一些更新、更合理、更适合持续发展的模式。"三来一补"企业虽有短、平、快的优点,但它没有独立的法人资格,没有土地使用权,没有商标专利权,企业属无限责任,必须在境外结算,受地方政府行政干预较多,经营期限较短,内销限制极为严苛,等等。这些不利因素,大大制约了企业的发展。

辩证地看,不发展,很多问题都不会出现;而发展起来之后问题会更多,但必须要在发展中解决。

这时,莞人再次充当了改革开路先锋的角色。

1980年1月,东莞县第一家中外合作企业——东莞县寮步(香港)进口机动车维修服务公司成立。该企业由港方出资120万港元,主要承接机动车翻修业务。

同年12月，作为中外合资企业雏形的石龙镇远东电视维修中心开业。但这些企业规模都很小，与小作坊差不多，对全局影响不大。

1983年3月，东莞第一家真正意义上的中外合资项目——东美食品有限公司成立，投资总额120.5万美元，中、外（美国）双方各出资60.25万美元，主要生产食用、医用、药用、变性淀粉及药用糊精。

1988年9月，东莞第一家独资企业——东莞新门楼制衣厂成立，由香港的新门楼制衣公司投资77万美元，注册资本31万美元。

中外合资、合作、独资企业（俗称"三资"企业），有独立的法人资格，可以拥有自己的商标专利，对企业财产有处置权，产品可外销、可内销，在结算、税收、规费、外汇等各方面，都较"三来一补"灵活，经营期限可长达数十年。

毫无疑义，"三资"企业与"三来一补"企业相比较，门户敞得更开，它表明当全球化进程在20世纪80年代启动时，中国并不抗拒这一进程，而是积极寻找自己在这个进程中的定位。2000年底，东莞已有"三资"企业3615家，工业总产值达655.13亿元。

随着外资的大量涌入，包括资本、产品、技术等在内的生产要素，已渐现跨国流动的趋势。更随着管理方法的全球化、人员流动的全球化，价值观念、生活方式、社会交往等，都开始以全球化浪潮接踵而来。在闭关锁国时代有"金锁铜关"之称的东莞，俨然成了中国对外开放的"南风窗"。

1987年6月，全国沿海开放区扩大出口创汇研讨会在东莞市举行，来自珠江、长江、闽南三角洲等沿海开放区的代表和中央有关部门共70多人出席。一年后，全国对外加工装配工作会议也在东莞召开，来自全国各地100多名代表参观了东莞的"三来一补"企业和"三资"企业。从中央到各地，都在瞪大眼睛关注着"东莞模式"的成败得失。莞商从容淡定，在各级领导和同行面前，纵论改革得失，总结经验教训，令所有与会代表都深为折服，大受启发。

那是一段令人眼花缭乱的日子，一切似乎都以光速在发展，以至于在那段日子，东莞到底成立了多少"三来一补"企业，事后已无从准确统计。中共中央办公厅调研室在1988年撰写的《东莞十年——对我国沿海农村社会主义建设一个成功典型的考察》报告中说，到1987年底，有2500多家"三来一补"企业，遍布于东莞全市80%的乡村，工缴费收入约占全省的40%，居全国县市首位。

但东莞市地方志编委会编写、2013年出版的《东莞市志（1979—2000）》却指出，至1985年，东莞市的"三来一补"企业，已达3141家；1995年更达到巅峰状态的1.04万家，实现年工业总产值122.07亿元。

对一个以种水果、编草席为业的农业县来说，这意味着什么呢？

——意味着那些洗脚上田的泥腿子终于可以挺起腰杆大声说："我们有钱了！"

——意味着公路、桥梁、水电、通信等基础建设的第一笔启动资金已经到位。

——意味着酒店业、房地产业、零售业、饮食业、物流业等行业，必将比肩并起，一旺百旺。

——意味着这里将成为人气、财气的汇聚之地。

——意味着东莞与世界的距离，将大大拉近。

……

1992年，一份题为《东莞市追赶亚洲"四小龙"经济社会发展规划纲要》的文件出台，10年前还在卖水果和烟花爆竹的东莞，却设定了目标：在15年内赶上韩国、中国台湾、中国香港、新加坡这四个亚洲发展势头最强劲的经济体。

没有对市场机制的承认和引入，就不可能实现东莞快速的发展，就不可能达成15年内赶上亚洲"四小龙"的目标。但现在有了市场，一切都不同了，一切皆有可能。这是一种链状的发展，甲生乙，乙生丙，丙生丁，环环相扣，市场为整个地区的产业群崛起，砌好了登堂入室的台阶。

这也是在创造一种文化。它在教会人们市场经济下什么是自由竞争，什么是游戏规则，在如何根据市场配置资源，如何增进商品生产经营能力的同时，也更新了人们的经营理念、管理水平、审美标准和消费模式，乃至对社会价值观的兴废丕变，都有着巨大影响。

这正是："万山不许一溪奔，拦得溪声日夜喧。到得前头山脚尽，堂堂溪水出前村。"

莞商在不经意间开启了一个时代。1985年，东莞的工业产值，首次超过了农业。这是当年很多人没想到的，大家的眼光都局限在中国的国内市场，觉得既有国企老大，又有乡镇企业，发展动力足矣，但没有把本土区域放进世界产业分工与转移的视角来预测。这一历史细节，在今天重温，才觉得值得沉思，值得反思，值得考量玩味。

有这样一组数据相当骄人：2006年东莞地区生产总值，比1979年增长了大约400倍，年平均增幅高达24.8%。有人说，从1980年至2000年，这20年光景，东莞走过了百年的路。

可以说，"三来一补"是东莞模式的发轫。没有"三来一补"，就没有"东莞模式"；没有"东莞模式"，就没有东莞的今天。

风流不在谈锋胜，袖手无言味最长。一个不可否认的事实是：在珠三角地区，以"三来一补"企业为主的"东莞模式"、以乡镇企业为主的"顺德模式"、以民营企业为主的"南海模式"和以国有企业为主的"中山模式"，在特定的历史条件下，都曾产生过巨大的光和热，深刻地影响了一个时代的走向。

而中国作家协会副主席何建明在深入采访"东莞模式"后，评价说，东莞的成功与成功的本质，在于它向世人昭示了一个经典范例：中国特色的社会主义有着不同的发展模式，东莞便是其中的一种模式，并且是光芒四射的模式。

著名财经作家吴晓波则说他在20世纪90年代中期时，经常来东莞采访调查，每一次都非常兴奋。因为每去一个工厂办公室，首先看到的就是一幅中国地图，上面满是耀眼的小红旗，红旗插到哪里，就表明这家企业的市场攻到了哪里。当时，珠三角包括东莞，出现了不少的优秀民营企业，当时的广货"北伐"全中国。比如从东莞走出的太阳神，这家当时国内最大的保健品公司，1993年营业额创纪录地到了13亿元，利润高达3亿元，以一种前卫、先锋的姿态远远地跑在所有中国企业的前面。

1994年7月，美国世界杯足球赛期间，太阳神在中央电视台的直播节目中播出了一条长达45秒、名为《睡狮惊醒》的形象广告：黄河千年破冰，长城万里鼓鸣，一头东方雄狮昂然而起，仰天长啸，"只要努力，梦想总能成真——当太阳升起的时候，我们的爱天长地久"。吴晓波在他的成名作《激荡三十年》中如此评价：太阳神品牌形象至上的路线，第一次把理想主义的光芒照射到了平庸的商业广告之中，宣言般的广告词和精致壮美的画面，构成了一股撼人心魄的激情冲击力，令人回味无穷。

据说，这条广告片的拍摄费用为150万元，这在当时堪为天价，创国内广告拍摄费最高纪录，其广告在媒体上的投放更是一掷亿金。但正是这条广告，让偏守一隅的太阳神一举成名天下闻，产品更是攻城略地，从广东一直热卖到全国各地。

著名社会学家费孝通曾几次实地考察珠三角乡镇企业的状况，他把广东"四小虎"南海、顺德、中山、东莞等地的多种经济发展模式整合为一体，名之曰"珠江模式"。这个结论写进了他的《学术自述与反思》《珠江模式的再认识》两本书中。

说到广东"四小虎"，那是20世纪90年代时任新华社记者的王志纲总结提出的，引起全国乃至海外的关注。当时，王志纲厚顺德，贬东莞，说其不过是"借腹生子"。如今，东莞GDP为另外"三小虎"之和，经济增长势头最强劲、最持久，谁又能预料？

在珠三角，真的存在一个"珠江模式"吗？如果从全国的宏观层面来看，也许不无道理。但从广东的区域层面，把它分解为"南海模式""顺德模式""中山模式"和"东莞模式"，条分缕析它们之间的异同，也许会更加贴近现实，对未来也更具参考价值。

事实上，不仅"东莞模式"与其他地区的发展模式各有不同，而且"东莞模式"在不同时期，自身也有变化。这恰恰反映了莞商善于达权通变，与时俱进的灵活性。2007年12月至2008年3月，中共中央政策研究室、中共中央财经领导小组办公室组成中国特色发展之路课题调研组，选定包括东莞在内的全国18个典型地区，就改革开放以来在中国特色社会主义旗帜指引下开拓成功发展之路这一问题进行专题调研。

2008年10月，《在中国特色社会主义旗帜指引下开拓成功发展之路——对全国十八个典型地区的调研综合报告》发表。报告将东莞列为全国改革开放18个典型地区之一，认为东莞市大力引进外资，扩大劳动力就业，建立加工贸易基地，培育出口产业集群，形成了外向型经济、园区经济、民营经济交相呼应和信息产业、现代服务业互为支撑的发展路子。

至此，"东莞模式"与20世纪80年代相比，已经向前跨了一大步，拥有了更加丰富的内涵。

到今天，在经历了全球性的金融海啸之后，无论国际还是国内的经济环境，都发生了深刻的变化。今天的莞商也不是昨天的莞商了，它不再是一个区域性的小商帮，在中国的南方，这株青青小苗已长成参天大树，成为国际经济俱乐部中的一员了。曾经名震天下的"东莞制造"，正一步一步向"东莞创造""东莞智造""东莞质造"迈进。原有的

"东莞模式"定义，显然已不足以诠释今天的莞商。

莞商，要为"东莞模式"重新定义了。

重新定义"东莞模式"，笔者认为应该包括一个非常重要的内容：莞式服务。莞式服务曾是莞商的金字招牌，这种源于改革开放初期东莞全民大招商中的贴心服务的精神，其核心便是物美价廉的优质服务和童叟无欺的诚信经营。比如，在厚街三屯乡，村民留住外商凭的就是一股实诚劲——想外商之所想，急外商之所急。

车要来了，可村里还是逼仄的泥巴路，怎么办？连夜抢修，全村老老少少齐上阵，硬是让人家把车给开进来了。

没水喝？挑了送上门去。

没电？立马去买变压器。

没电话？把"公家"的电话让给外商。

后期的服务也很重要，不是把人家留住了钱赚到了就撒手不管，而是精心挑选既懂政策业务又会沟通交流的人去当厂长，等于给外商老板派去了一个得力的助手。外商初来乍到，人生地不熟，怕的就是"水土不服"，或被坑蒙拐骗，导致投资失败。三屯人贴心服务的务实与诚信，给了外商信任感、安全感，口口相传，也给三屯村带来良好的口碑效应。

那时候，东莞为了招商，曾经在香港的报纸上登过不少广告，钱花了不少却不顶用。最有用的，还是口碑，服务好一名外商，往往能招来一连串的投资。

可惜，口碑效应这么好的莞式服务，这四字真经后来却被歪嘴和尚念成了歪经，导致蒙上厚厚的一层黑灰，似乎再也难以擦亮。笔者在东莞采访时，众多莞商都有一个强烈的心声与愿望：还莞式服务本来面目。那么，什么才是莞式服务的本来面目？笔者将其归纳为三点：一是物美价廉，优质服务；二是专业敬业，标准服务；三是童叟无欺，诚信服务。

先从给莞式服务招惹来麻烦的东莞酒店服务业说起。东莞缺乏著名旅游景点是个不争的事实，可东莞为何会拥有如此众多的高档酒店？答案就在遍布东莞、数量庞大的工厂和企业，以及异常活跃的各种高规格、高档次、高水平的商业展会及文化节庆上。

市场有刚需啊！客从八方来，无论是洽谈生意也好，进货供货也好，还是参加展销会或文化艺术节也好，总得要吃吧？总得要住吧？总是会消费吧？在宾客的衣食住行和商业需求上送上专业、优质、诚信的服务，把顾客当上帝，这是没错的。而在这种堂堂正正的莞式服务中，有人暗藏了某些"特殊服务"，正如一粒老鼠屎坏了一锅好汤一样。

汤原本是好汤，却让老鼠屎玷污了。

现在好了，不但老鼠屎被清除了，连老鼠也抓了，老鼠窝该端的也端了，汤也换了，甚至连煮汤的锅也都"转型升级"了，谁说莞式服务这道新做的原味好汤不该给客人重新端上桌呢？

《人民日报》曾评论说：东莞地处对外开放的窗口区，较早接受了现代管理理念，无论是制造业和服务业都有引以为傲的传统，这是东莞经济起飞的真正动力。如今，东莞天高云淡、风清气朗，引以为傲的莞式服务，该到了还原其本来真面目的时候了。2014年2月，东莞网络文化协会在网上发布了一组图文并茂的《告诉你什么是真正的莞式服务》，引起了社会的强烈反响。

网文举例展示了真正意义的莞式服务：技术人员的莞式服务，是每次作业达到0.01厘米的精准；餐厅服务员的莞式服务，是每次上菜达到60秒的速度；快递员的莞式服务，是每天收发货物达到50次的数量；虎门港操作员的莞式服务，是每天吊臂动作达到3000次的重复；出租司机的莞式服务，是每天跨镇街运输达700公里的路程……

当笔者写到这里时，脑海里不禁想起了酒店清洁女工熊素琼至诚服务的故事。1993年，学历只到初中，身高只有1.45米的重庆妹子熊素琼，来到东莞一家大酒店的清洁班当清洁工。短短两年时间，熊素琼整理了7989个房间，洗了7987次马桶，写下的工作日记有174本之多，也正是凭着这种莞式服务精神，2006年11月，熊素琼被猎头公司挖到东莞市最豪华的五星级酒店华通城大酒店出任副总经理，成了东莞赫赫有名的职业经理人。

2009年7月，熊素琼到香港参加一次国际交流活动，面对几十位来自世界各地的高级酒店管理专家、教授等，她又谈起了她的"马桶经验"："酒店管理人员时刻要把自己放在一个较低的位置，用最高质量的服务去满足客户的需求，无论遇到多麻烦的事情，都要用擦马桶一样的耐心去解决……"她的"马桶学问"还被收录到法国著名酒店管理专家希尔维教授编撰的《世界酒店业经营全书》中。

2016年5月的一个周末，笔者在东莞体验了一回餐饮业的莞式服务。在世界莞商联合会采访结束时，已是下午1点多，联合会秘书处邀请笔者到东城一家饭店吃工作午餐。

点菜时，餐厅部部长亲自服务，一边介绍本店的特色菜，一边提醒笔者不要多点了，怕浪费。

饭后买单时，服务员恭恭敬敬地把发票和找回的零钱双手递上，"感谢您的支持，欢迎下次光临！"完了，再递上一张顾客就餐意见单，"请问您可以给这次用餐打个分吗？"

用餐结束，当笔者正准备离开饭店去见另一名采访对象时，却突然接到对方的电话，要推迟至下午4点再见面。这时已是下午2点40分了，笔者一时无处可去，就抱歉地对服务员说："我们能不能在这儿坐到下午4点再走？"

"不要紧，你们坐到几点都可以。让我先收拾好餐桌，再为你们新泡一壶茶吧。"服务员是个20岁出头的小姑娘,她微笑着,很有"礼数"(有礼貌、讲规矩)地回答。她真诚的微笑,让笔者想起了一句经商谚语:和气能生财,蛮横客不来;面带三分笑,顾客跑不了。

"我们已买过单了,不用新泡茶了,帮续点热水就可以了。"

"不行的,我们老板规定,不能让客人喝泡没了味道的茶水。"

"我们喝的茶还有没有味道,你的老板不在他哪知道?"笔者故意开玩笑说。

小姑娘听了,调皮一笑:"老板可能不知道,可我知道呀!我知道了就不能这样做呀!"

好一个"我知道了就不能这样做",这不正是莞式服务童叟无欺,诚信服务的精神吗?

除了餐饮服务业,笔者还实地探访东莞制造业的莞式服务,留下了深刻印象——产业配套完善、生产效率高、产品质量过硬、性价比高、送货服务好、结账讲诚信。由此,笔者不胜感慨:正本清源的莞式服务促进了东莞经济腾飞,创造了美丽东莞,这是东莞的骄傲,也是莞商的骄傲。

9. "穷得只剩下钱"?

很多时候，人们在谈论东莞时，已不仅仅把它视作一个行政区域，也不仅仅当作一种经济现象，而是作为一个典型的文化符号来审视与评判。

这几十年来，不仅东莞，甚至整个广东，被人嘲笑是"文化沙漠"的次数还少吗？什么"暴发户""土豪""穷得只剩下钱""除了钱什么都缺"，终日聒噪不休，震耳欲聋，甚至连一些东莞人也自嘲没文化。

莞商真的没文化吗？

当然不是。

往历史文化遗产上说，珠三角第一村，靖康海市；海丝之路，必经之地；虎门炮台，喋血国魂；石碣崇焕，明季昆仑；寮步香市，香动乾坤；南社古村，古风犹存；还有中堂龙舟、望牛墩七夕、横沥牛墟、木鱼书千角灯、音乐剧、篮球……东莞具有5000年文明史、1700多年的建郡史，享有"图书馆之城""博物馆之城""文化广场之城""篮球之城""音乐剧之都"之称，不缺乏名人讲座，不缺乏高档次的展览，不缺乏藏品丰富的藏家。近朱者尚可赤，在这片丰厚的历史文化土壤上成长起来的莞商，即便是耳濡目染，也会沾上一些文化。

再往现实生活中举几例：从事食品行业30多年的明贤食品董事长李兆明，做的豆沙月饼和蛋糕远近闻名，而比做生意更为出名的，是他对粤剧的痴迷,"走在路上,都会情不自禁地哼唱粤曲"。李兆明是曲艺界粤剧迷中的多面手,唱、奏、演俱佳,联合了一群发烧友组成了世界莞商联合会业余曲艺团并任团长,带领团队四处献艺,并创新性地以粤剧的方式宣传莞商。

东莞粤剧"私伙局"

在长安镇,有一个主要由老板和企业家组成的粤剧"私伙局",核心人物为长安大酒店原副总经理李应梅。他们自筹资金、自编剧本、免费演出,20多年来越"玩"越大,从长安镇演到东莞市、演到省城广州、演到香港、演到了邓小平的故乡四川广安,还演到了北京的人民大会堂。外人难以想象,老板们开着私家车来排戏,晚上折腾到十一二点,还要自己掏腰包吃夜宵。他们参加创作排演,不拿一分钱报酬不算,常常还要"荷包大出血"。

有一年,剧团到长沙参加"映山红"会演期间,一位身为土方工程老板的演员接到急电,说是挖土机突然坏了,要他立即赶回去处理。这位老板不想因为自己耽误了团里的演员,打电话叫工人停工,等一周后他演完戏回去再说。这么一停工，就损失了几万元。而长安镇政府也大力支持这个业余粤剧团，仅仅是《思源》《思进》《水勇英烈传》三出长剧，就拨款500多万元。如此大手笔地投入一个业余剧团，放眼全国，也极为罕见。

此外，长安还有一个不成文的规定，每届新镇长上任之日，就是他兼任该镇戏剧曲艺协会名誉会长之时。而东莞老板爱办博物馆，又是文化界的一个奇迹，全市民企办的博物馆竟有14个之多。如果莞商和东莞不重视文化，要做到这一切无异于天方夜谭。

什么是文化？几百年来众说纷纭，各路大师的专著也汗牛充栋。有人认为，文化是一个族群的知识、信仰、艺术、法律、伦理道德、风俗等的总和；有人认为，文化是一个族群所生活的社会遗传结构的总和；有人认为，文化是某个社会或部落所遵循的生活方式，包括他们所遵循的共同信仰和传统行为；也有人认为，文化是指人类生产或创造的，并传给其他人，特别是传给下一代人的每一件物品、习惯、观念、制度、思维模式和行为模式。

然而，无论哪一种说法，都不可能导出某个地区、某个族群"没有文化"这个结论。一个庞大的人群是不可能生活在"文化沙漠"上的，那是一种不可想象的状态。文化不是你想不想要的问题，而是它必然存在，是与人类共存的，是人类的一个属性、一个标志，是人类活动的另外一个叫法而已。

因此，谁也没有什么资格说自己的才是文化，别人的就不算文化。说一个族群没文化，等于否定了他们的人类属性。好比你跑到别人家里，指着人家的孩子说：我家的儿子是圣人，你家的儿子是白痴。人家不一扫帚把你打到大街上去才怪呢，你还好意思哭爹喊娘地埋怨"他们排外"吗？

改革开放这40年来，东莞人白手起家，在绿野田畴之中，兴建起一座现代化都市，创造了新的生活观念、新的价值观、新的生活方式，甚至还挟广东经济发展强势，共同创下了许多影响全国的粤语流行文化，如"炒更""老板""搞掂"，等等。无论人们对它是褒是贬，但许多地方却在有意无意之间，把东莞拿来作为衡量自己发展的标杆，取其所长，补其所短。如果要谈文化，这就是文化了。再比如说东莞人最坚守的、岭南文化传统中的风俗习惯、祠堂族谱、祖训遗风、传统礼仪等，这也就是文化了！

尤其让笔者在东莞行走采访中发出感慨的，是东莞的祠堂文化。非常羡慕东莞，祠堂文化保存得较完整，富裕之后的东莞人非常重视祠堂的保护与修缮，大大小小上千座祠堂传承着东莞的历史与文化。二十世纪七八十年代，许多村庄的小学都设在祠堂里面。寮步镇横坑社区钟氏祠堂就曾作为横坑小学校址一直沿用至1986年。

可是有人不同意，反驳说：你这是偷换了"文明"与"文化"的概念。衣食住行、民风民俗，乃属于"文明"范畴。大家说东莞没文化，通常是指狭义的"文化"，偏重于文学、艺术、哲学、社会学等人文学科及教育。

但是，文学本来就是一个颇为模糊的概念，查查《辞源》，或指文章博学，或指文献典籍，并非指以文字表达的某一类艺术形式。其实，每个社会体系都有自己的文化，文化不是一门学院里的学科，不是一种枯燥的理论，也不是某些大师的专利，不是要在专家学者、鸿儒硕彦里打滚，或者像古代秀才那样，出口成章、白壁题诗，才叫有文化。

从广义来说，文化首先是一种鲜活的生活方式。东莞有30项省级以上非物质文化遗产项目，56项市、镇级非物质文化遗产项目，都是来自日常生活的，其中三项列入国家级的"非遗"项目——莞香制作、寮步香市和麒麟制作，都与莞商有关。

每一种文化思维，都在相应的价值信念基础上形成，融汇于日常生活，左右着我们对事物的判断与选择。我们该如何投资？怎样规避风险？用什么方法提高生产效率？在看到不公不义时，要不要挺身而出？我们对社会有什么责任？甚至每天早上穿什么衣服出门？准备花多少时间陪家人？坐巴士要不要给老人让座？晚上看哪个频道的电视？事无大小，上至国家民族的前途命运，下至柴米油盐的日常生活，文化都让我们有了自己的想法。

而在我们心目中，世界的万事万物也依照社会价值的高下，被分类排序了。社会稳定比社会动乱好，经济繁荣比经济衰败好，拥有公共事务的参与权、发言权比没有好，赚钱比亏钱好，健康比生病好，朋友多比朋友少好，富贵比贫贱好，甚至当工人比当农民好，当厂长比当工人好，等等。

所有这些判断，都是文化的表现。

"文化沙漠"本来就是强加给东莞的一个子虚乌有的东西。很多时候，癞子就是这样变成的，别人不停地说你是癞子，说啊说啊，听多了，你甚至也开始相信自己是癞子了。

明白此理，东莞有没有文化，就不用再讨论了。纵观东莞的历史，在鸦片战争时，它就是中国与世界交流的一个焦点，而在近40多年，它更是中国与世界交流、广东与全国交流的枢纽之一。一个个产业集群在南海之滨争妍竞艳。市场观念、法制观念、竞争观念、人才观念、效益观念，在广东得到全面更新，而莞商在许多领域的创新，更走在全省乃至全国的前列。巨大的人流、物流、知识流，在这片土地上，构筑起一座辉煌的文明大厦。

有人说，莞商都是经营加工业、房地产业、酒店业发家的，即使到了港澳和海外，莞商也只是一身铜臭的生意人，没几个是从事文化事业的。

此话差矣！

长期以来，香港和东莞一样——其实整个岭南地区都一样——背着一个"文化沙漠"的恶名。然而，回顾近百年来社会的嬗变，一切是从知识的传播开始的。鸦片战争后，中国被"山呼海啸，西潮东卷"的世界大势所迫，不得不走上现代化之路。纵观其过程，始终与"西学东渐"相伴。其结果也不限于生产方式和工艺技术的转变，更重要的是社会关系、制度体系，乃至价值系统的转变，是整个文明结构的转型。

直到今天，香港的出版业、广播电视业，莞商仍占有重要的一页，这与他们在这片别人看来是"文化沙漠"的地方，坚持自己的理想，努力奋斗，是分不开的。他们，是商人中的文化名人，文化人里的成功商人——

陈永棋，香港亚洲电视行政总裁，凤凰卫视、金牌娱乐董事。

赵泰来，中华文化产业集团主席，"世界杰出华人"。

赵树辉，赵泰来兄弟文化传播有限公司行政总裁，"世界杰出华人"。

李祖泽，香港著名出版家，"出版大王"，世界中文报业协会主席。2009年当选为"中华人民共和国成立六十年来百名优秀出版人物"之一，是港澳台地区唯一的入选者。

陈万雄，香港联合出版集团总裁。他是一位典型的学者型莞商，曾出版《新文化运动前的陈独秀》《五四新文化的源流》《历史与文化的穿梭》《读人与读世》《人生方圆》等著作，在学界有相当影响。

梁乃鹏，TVB电视广播有限公司行政主席兼执行董事、TVBS董事长、香港东莞工商总会永远荣誉会长。

蔡继光，中国香港电影金紫荆奖主席、香港电影文化中心创办人。

蔡就胜，香港风盛兴业娱乐公司执行官，香港明星蔡卓妍之父。

……

在香港，有这些文化莞商在坚持，就绝不会是"文化沙漠"。

如果以为陈永棋、陈祖泽等人的事业并非建立在东莞本土，他们的成就，并不能改变人们对莞商没文化的印象，那就理解错了。即使从艺术、音乐、戏剧、文学这些层面来看，本土莞商对文化事业的爱好与投资，也是非常踊跃，当仁不让的。他们当中，有的一边经商一边从事文学艺术创作，有的大力支持东莞本地和外地的艺术家创作，使东莞诞生了大量在全国有影响的歌曲、电视剧、电视片、小说、诗歌、散文、戏剧、绘画等。比如——

莞商叶旭全，是《春天的故事》的歌词作者。

黄创基，走出国门在泰国创办了面向全球华人的东盟电视台。

王虹虹，虹虹动漫工作室的老板，同时又是东莞著名的90后美女作家和漫画家，17岁便成为中国作家协会最年轻的会员，已出版长篇小说6部，2012年被评为广东省"十大杰出青年"。

黄河实业集团董事长郑强辉，热衷于投资电影事业，出品了《叶问》系列、《大闹天宫》等电影，均获票房佳绩。

"粥城大王"黎平，长期撰文，在报纸杂志开设个人专栏。

楷模居品集团董事长徐国芳，是东莞有名的"文商全才"。2011年，他写作出版的《再给中国二十年——一位企业家的呐喊》新书总销售量达15万册。该书力挺中国崛起，驳斥欧美国家在人民币升值、贸易壁垒等方面的"傲慢与偏见"，引起社会震动。

永正图书的创办人刘森，投资3000多万元，建成了单层面积超过12000平方米、主营图书12万个品种、音像电子读物5万个品种的书店，创下当时国内民营书店规模之最。

刘森有一句话，可以为文化莞商代言。他说："我有两个梦想，一个企业梦，一个文化梦。但在我的内心，精神所依的文化梦远比企业梦要重。"生活中，身材高大、斯文儒雅的刘森看爱书、爱写作、爱旅游、爱弹古琴，还爱文化创意。他有句口头禅：人应该有些追求，如果自己都不喜欢文化，还做什么文化？

东莞东湖文化董事长傅娟，是较早在东莞传播文化之火的领头人。1994年12月，她在东莞影剧院举办了东莞第一场新年音乐会，此后坚持了十多年，开了莞商做文化的先河。后来，她又完全靠赞助和票房，在莞城策划了"文化周末"，把轻音乐、交响乐、音乐剧、歌剧、现代舞、芭蕾舞等高雅文化引入东莞，不但多次获得了国家级文化奖项，还使东莞形成了"一到周六就去剧场买票看'文化周末'"的文化氛围和文化消费习惯。

2004年，已具品牌效应的傅娟准备为东莞量身定做一台春节联欢晚会，由于筹备时间仓促，担心办不起来，没想到消息一传出，无论是官方，还是民间，都热情高涨地给予了大力支持：企业赞助了上千万元；驻虎门海军出动了1000名官兵参演；演艺明星来了100多人；湖南卫视副台长亲自率数十人团队远赴东莞现场录制……晚会大获成功！观罢演出，时任东莞市委书记的佟星兴奋地说："立即将节目刻成光盘，过两天我去北京开会时带给中央首长看看，让他们知道今天的东莞是有文化的！"

2004年，东莞提出打造"博物馆之城"的宏大计划，得到莞商的热烈响应。到2015年，已建成了东莞博物馆、中国沉香文化博物馆、鸦片战争博物馆、海战博物馆、可园博物馆、广东东江纵队纪念馆、东莞市科学技术博物馆、钱币博物馆、唯美陶瓷博物馆、旗峰山艺术博物馆、逸颐艺舍博物馆、东莞饮食风俗博物馆等31座博物馆，其中14座是由莞商直接投资兴办的。

2007年，东莞在国内率先提出打造"音乐剧之都"的口号，计划用10~20年的时间，把东莞建设成"音乐剧之都"。东莞塘厦、东城、望牛墩三个镇街政府与第三方合作成立了三个音乐剧基地。要求基地一年至少要为东莞"生产"一部音乐剧作品。尽管作为一种艺术形式的音乐剧制作，能否套用工业园的生产模式，人们可以讨论，但讨论的本身，就是文化的体现。这些年，莞产的音乐剧《百年一梦》《妈妈再爱我一次》等先后获"五个一工程"奖、文华奖、韩国大邱国际音乐剧节最高奖等国内外9个重要奖项。

2008年,为了纪念改革开放30周年,麻涌邀请一批音乐家,创作了一部集美声、民族和通俗唱腔于一身的"三声部",融音乐、舞蹈、朗诵等多种表现形式为一体的大型组歌《香飘四季》。序曲的标题是《本色》,"一千年的渴望,一百年的炽热,成就了我们的本色"——这是东莞人的本色,是在海上丝绸之路扬帆击楫一千年的莞商本色。无论前面如何山重水复,经历怎样的九曲十八弯,时间一到,解缆起航!组歌在第十届广东省艺术节上,夺得音乐舞蹈类剧目二等奖、编导二等奖、表演一等奖,同时获奖的还有大岭山的交响乐《大岭山之歌》。

2011年11月16日,塘厦音乐剧生产基地挂牌成立

2010年樟木头镇创办了"中国作家第一村",吸引海内外作家入驻。政府对作家村的扶持政策包括:每年提供一笔文学活动经费;对以樟木头题材为背景的评论、小说、诗歌、散文、戏曲等作品在国家级刊物上发表的作家,给予奖励;对国家一级作家的作家村成员,本人和家属愿意落户樟木头的,政府创造条件解决户籍问题;每年适当补贴作家在作家村居住的物业管理费;对于首次前来购房的各地知名作家,由专

人负责接待住宿安排，协助选房购房；宣传文化部门设立1~2名专职或兼职文化干部，负责协调作家村开展各类活动和提供后勤服务等。《国家订单》《共和国粮食报告》等优秀文学作品从东莞迈入鲁迅文艺奖、茅盾文学奖、中国报告文学奖等国家级大奖的圣殿。仅2015年第九届茅盾文学奖，作家村就有5位作家的作品获得提名。

东莞为什么能有这样的底气？东莞市文联主席、党组书记刘锦明说：除了东莞尊崇文人的风气浸润，更得益于背后有莞商这个实力雄厚的群体在支持。

除了作家村，东莞的许多文化活动，如东莞读书节、东莞荷花文学奖、东莞市群众戏剧曲艺花会等，都离不开莞商积极的支持与参与。如三正集团，就长期资助东莞年度文学传媒大奖。

有人会不屑地说，这些音乐剧的创作、导演、表演，文学作品的创作，有多少是本地人做的？正如东莞的加工业一样，除了"生产过程"在本地完成外，"产品"本身如何代表东莞？东莞文化无非是借鸡生蛋，本质上也是"贴牌生产""三来一补"。东莞生产再多耐克鞋，也不会有人认为耐克是东莞的品牌。

但他们忘了文化的第一要素就是人的交流，没有交流就没有文化。借鸡生蛋没什么不好，能借到鸡，生下蛋，就是本事，就值得骄傲。不管这些文艺作品的创作者是哪里的，他们来到东莞创作，就是一种交流，交流就会形成文化。就像盖大楼一样，虽然设计师、施工队都是外省的，钢筋水泥也是外地生产的，但大楼盖在东莞的土地上，不管你承认与否，它就是东莞的一个组成部分。

为了更好地宣传"厚德务实、敢为人先"的莞商精神，弘扬"情系东莞、商通天下"的莞商情怀，扩大莞商的影响力，世界莞商联合会在2013年举办了"歌声嘹亮唱响莞商——世界莞商联合会《莞商之歌》"歌咏大赛。东莞各镇街和广大企业积极响应和踊跃参与，全市32个镇街中有30个镇街参与了节目的组织报送工作，最终共有82家企业参与。82支歌咏队、数百名企业家先后登台，唱着同一首歌：

  源自千年莞邑，驰骋万里商海。丝绸之路敢为人先，勤劳刚毅，继往开来，勇于崛起，不畏阴霾。诚信美名扬，开拓显豪迈，齐心谋发展，全力创未来，情系东莞心连心，感恩大地初衷不改，商通天下手牵手，再创奇迹壮志满怀，壮志满怀。

  常忆村前红荔，难舍梦里桑槐。薪火相传，厚德永载，仁义谦和，务实开怀，造福乡梓，仗义育才。成功靠打拼，香自苦寒来，雄心铸赤诚，铁肩担时代，情系东莞心连心，感恩大地初衷不改，商通天下手牵手，再创奇迹壮志满怀，壮志满怀。

  ……

  当这些老板、富豪高亢豪放的歌声洋洋盈耳，拨人心弦时，我们怎么能说莞商没有文化？

  2013年，为响应市政府政策推动东莞文化产业发展，协助文化建新城，宣传东莞新城市形象，向全国宣传东莞文化，东莞举办了第一届东莞文化产业博览交易会，这次文博会得到莞商的热烈响应和支持，吸引了30多家产业商会、文化协会的支持，共有700多家著名企业参展。

  东莞文博会一炮而红，在这个成绩的鼓舞下，2014年举办了第二届东莞文博会，全面展示东莞本土文化品牌，搭建东莞与全国乃至国际接轨的文化交流与合作发展的平台。通过大型文化产业展示，营造商贸沟通氛围，推动文化产业结构调整和升级。

  这一届东莞文博会的组织单位包括东莞市中小企业发展与上市促进会、东莞市广告协会等；支持单位包括广东省广告协会、东莞市工商业联合会、东莞市金融担保协会、东莞市茶叶行业协会、东莞市酒类行业

莞产音乐剧《马克的奇妙旅行》剧照

协会、东莞市餐饮行业协会等。莞商不仅积极参与筹办，提供强有力的支援，而且是参展商的主力军。

文博会开设12个室内展区，主题涵盖莞香文化、房地产文化、家具文化、茶文化、美食文化等数十项，尽显东莞丰富多样的商业文化。文博会实际上是莞商形象、莞商文化的一次集体亮相。这两届文博会累计参观人数超过30万人次，专业观众达5万多人次，交易额达25亿元。

2015年的东莞文博会再接再厉，在厚街广东现代国际展览中心举办，延续往届办展传统，融入更多的全新元素，全方位、多角度、立体式展示独特的东莞文化魅力。东莞市文化创意产业基金也在现场举行了盛大的启动仪式。

再也不能说东莞没文化了，如果谁还坚持说东莞是"文化沙漠"，说莞商是"土包子""暴发户"，那只能证明自己根本没有能力去欣赏别人的文化，甚至不知道什么叫文化。

客观地说，那种认为东莞没有文化的说法是一种偏见，或是一种对东莞快速富裕的复杂心态，或许就像网络上的常用语"羡慕妒忌恨"一样。

文化是一个庞大复杂、多种多类的载体。不能以一个地方文化大师的多寡，作为否定老百姓生活方式的理由。老百姓希望踏踏实实过自己的日子，自由自在地生活，追求世俗层面的享受与快乐，这没有什么不对。莞商不喜欢过于宏大的叙述，不喜欢大轰大嗡，不喜欢出风头、抢镜头，他们在实践中喝到了"头啖汤"，得到了最大的实惠，这就够了。

所以，他们宁愿生活保持着一种平稳而恒久、不急不躁、细水长流的状态。谁起名字不重要，最重要的是这孩子已经呱呱坠地，茁壮成长，这就是最大的文化。

事实上，文化就像地球上的水，名义上有五湖四海之分，其实是一个大的循环系统，一部分水沿着地面流动，一部分渗入地下流动，互相融汇，互相渗透，千回百转，经过江河汇集，终归大海作波涛，然后再蒸发成为水蒸气，聚而成云，一场大雨又回到地面。如此这般，运转不息。不能说只有黄河、长江流的才是哗啦啦的水，珠江流的全是泥沙石灰。

著名作家舒乙在东莞采风时，注意到了东莞经济崛起后大干文化的现象，并归纳为"东莞七绝"：抢着办学校；建特别好的文化中心设施；轮流请全国著名剧团和演员演出；政府花钱请老年人看戏吃饭；乡镇上建星级酒店；广场舞万人跳；市民爱看歌剧、音乐剧。

为收集和考证东莞的历史，笔者曾十多次在周末时间到高大上的东莞图书馆做功课，每次都能看到在不同主题的文化讲座上，座无虚席。笔者曾随便跟几位听众聊天交谈，发现他们当中竟有不少人是从各个镇赶来听课的，并且是长年坚持。富裕之地竟有如此浓厚的文化氛围，这让笔者有些意外，再次印证了一个规律：经济发达，会带动文化的腾飞。

人们还可以看到，当东莞物质文明显著发生变化的同时，精神文化也在悄然嬗变。20世纪80年代初，东莞人就率先提出了"要想富，先修路""要发财，靠人才""昔日贫为贵，今日富为荣""贫穷不是社会主义，富裕不等于文明""有钱不等于幸福""金钱诚可贵，人格、爱心价值更高"等新思想、新观念，放开手脚，大力发展经济。

1987年后，莞商开放意识越来越强，思想观念上也出现了八大变化：从办自己的厂，万事不求人，到采众人之长，集大家的力量；从小富即满，小富即安，到富而思源，富而思进；从来料加工，贴牌生产，到自有品牌，面向市场；从单打独斗，利益为先，到抱团合作，讲利又讲义；从靠力气吃饭，到用力又用脑；从黄牛过水角顾角（各顾各），到一方有难八方支援；从干活、赚钱、睡觉，到学习、休闲、健身；从言必称港澳好，到比来比去还是社会主义好。

思想观念的巨变，表因是文化的力量，内里却是经济的崛起。

10. 唱响《春天的故事》

1978年秋天，此时离改变中国历史命运的中共十一届三中全会召开，还有一个月时间，但风雨如晦，鸡鸣不已，广东已在悄悄地谱写着改革开放的前奏曲了。就像孕育了一个冬天的种子，莞人凭着顽强的生命力和天生的勇气、智慧，再一次走在广东，乃至全国前面，率先冲破坚硬的冻土，舒展开新一季的青青胚芽。

1978年发生在东莞的事情，不一定人人都记得。那一年，东莞最大的电排站——南畬塱燕岭站竣工，东莞县社队企业管理局正式挂牌。那时的东莞，有八成的劳动力在农田里劳作，每天日出而作，日入而息。生产总值仅为6.11亿元，全县只有377家工业企业，工业产值占生产总值的30%。这年春天的天气不太好，望牛墩、中堂、高埗、道滘、万江受到冰雹袭击，有的冰雹大如红砖，重三四公斤；秋天的天气也不太好，在台风与冷空气共同的影响下，出现了寒露风，全县损失稻谷40万担。到年底一结账，东莞的粮食总产量，比1970年增长了18.08%，但人均收入只有193.3元；人均公共积累是43.6元。人们似乎也不太失望，因为原本的期望就不会很高，能比前年略好一点，已经心满意足了。

这些平淡无奇的往事，如长河里的细沙，大部分被时间的浪花冲刷而去，消失在人们的记忆深处。但有一件事，是不应该被忘却的。1978

东莞展览馆里的太平手袋厂蜡像造型

年7月，国务院颁布了《开展对外加工装配业务试行办法》（俗称"22号文"）。

时至今日，向当年的老莞商提及这个文件名，他们未必反应得过来，但如果说"22号文"，他们就会异口同声地说："哦！当然知道了，没有'22号文'，哪有我们今天啊！"

两个月后，也就是1978年9月，全国第一家"三来一补"企业——太平手袋厂，在东莞落户，中国工商总局颁发了第一个"三来一补"企业牌照，编号为"粤字001号"。紧跟着的002号，是11月落户石排镇的第一家"三来一补"企业方舟木器厂，由港商李棠用所办。

这是一道划破云天的闪电，预示着沉寂已久、蓄势待发的工业化浪潮，将掀起巨浪，并以洪波决堤之势，席卷而来，传统农业社会的根基，将被全面撼动。

历史发展的阖辟往来，盈虚消息，总是安排得恰到好处，让人感觉不可思议。20世纪70年代末,香港的出口加工制造业由于土地、人力成本上升,举步维艰,面临着转型的压力,传统的制造业开始让位于金融业、航运业。如果这时中国内地仍然处于"文革"动乱时期,很难想象,香港的制造业将如何完成这个转型。

但历史的布局,自有其蕴含深远的设计,看似巧合,实属必然。当洪水到来时,前面正好有一条干涸的河床——中国的"文革"刚刚结束,拨乱反正,百废待兴,为承接香港的制造业,腾出了广阔的空间。

如果说太平手袋厂只是一个具有象征意义的个案,那么,再来看看国人熟悉的虎门镇,早期的莞商是如何运用工蚁一般的精神与毅力,一点一点撬动旧时代的基石,又一点一点搭建起新时代的舞台的。

虎门是著名的"南派服装"加工生产基地,拥有1000多家制衣厂,还有上百家织布、定型、漂染、拉链、刺绣等配套厂家,有40万名从业人员,年产服装过亿件(套),年销售额过百亿元,被中国纺织工业协会授予"中国女装名镇"的称号。有一种流行的说法:"中国服装五分之一产自东莞。"这个令东莞人扬眉吐气的说法,正反映了莞商在虎门开基立业的赫赫成就。

在虎门,没有人不知道富民时装城,这个服装批发市场被誉为"品牌孵化器""百万富翁的摇篮"。改革开放后第一代的莞商,很多都是从这里起家的。要追溯莞商的成长脉络,就不能不从虎门的服装业说起。

在20世纪70年代末,深圳经济特区还没成立,但粤港之间已逐渐恢复往来。凡是从广东流向内地的东西,无论电影、流行歌曲、图书、卡式录音机、相机、菲林,还是电子手表、尼龙丝袜、缩骨遮(折叠伞)、连衣裙、即食面,无不罩上了新生活的光环,人们第一次看到外部的世界,原来如此缤纷多彩,充满诱惑。谁都以拥有一两件广货为荣,没见过广货的人会被别人取笑老土。

广货最初的含义，并不仅指广东生产的商品，而是泛指所有来自广东的洋货、（香）港货。提着一部从广东买回来的四喇叭立体声收录机，以最大音量播放港台流行歌曲，穿着花衬衫、喇叭裤，在大街上招摇过市，成了最时髦的形象；第一次戴上"麦克墨镜"（麦克是美国电视连续剧《大西洋底来的人》中的男主角）的人，舍不得把价格牌扯掉；第一次穿上长筒丝袜的少女，发现自己的秀腿原来如此迷人。年轻人对洋货的迷恋和追求，几乎到了盲目狂热的地步。全国各地的公费旅客，络绎不绝地往深圳沙头角跑，扛回一大堆一大堆廉价的太空袄、尼龙丝袜、饼干、录音带、手表、电子计算机、太阳墨镜和三鲜伊面。许多人把这些东西再转手出售，从中谋利。

多数人只看到消费，但东莞人却从中觅得商机。他们通过香港的亲戚朋友和一些渔民带货回来，在虎门镇执信公园外面街边摆卖，居然越卖越红火。

镇政府没有取缔这些街边仔，没有因为乱摆乱卖而驱赶他们，那时还没有城市管理综合执法队，也没有"走鬼"这种叫法，这种叫法是后来通过香港影视才传入内地的。

大家把这些街边仔叫作"个体户"。个体户，这个名词在中国的特殊语境中，内涵复杂，冷暖悬殊，经常会遭到鄙夷和轻视，觉得他们脱离了集体，是一个"没有组织的人"，所做的不是一份正正当当的工作，是一个不受保护的体制外的流浪汉。这个社会印象一直要到"万元户"这个名词出现之后，才由蔑视转为暗暗的羡慕，继而吸引无数崇拜的目光，再到全社会无数的称颂。从崇尚个人创业的20世纪80年代起，"个体户"三个字，一度被赋予了某种魔力，令人热血沸腾，心驰神往。

虎门不少身家亿万的莞商，当初就是从个体户做起的，从倒卖服装赚取了人生的第一桶金。而坊间广泛流传的东莞最早的四个"万元户"，就是如今鸿福董事长梁锦枝、龙泉掌门人张佛恩、康华集团创始人王金城、兴业贸易董事长郑泽权。除王金城英年早逝外，其他三人均是东莞响当当的富豪。

生意好了，货源却跟不上。靠亲朋好友和渔民带回零星货物，显然已无法满足市场。深圳经济特区成立后，商贩们就从沙头角进货。当时在沙头角买东西是限量的，多了便有走私之嫌，人们便把买的衣服全穿在身上，有时甚至穿上十几套，避过边境检查。这样来来回回地倒腾，把大包小包的衣服扛回虎门，在地摊上吆喝兜售。这些人被称为"水客"。虎门的衣服贩子到沙头角进货，内地的衣服贩子到虎门进货。

渐渐地，在虎门形成了远近闻名的"洋货一条街"，街上每天都人头攒动、热闹非凡，肩挑手扛、货如轮转，只要能赚钱，一两角不嫌少，十万八万不嫌多。这时，靠沙头角进货，又感到供不应求了。于是，第一代的虎门服装——用家庭缝纫机生产出来的仿港式男女服装，便悄然登场。

嘿！服装业并没有什么精深的学问，港商能做，莞商自己也能做！

1981年，政府成立了虎门个体劳动者管理委员会，把个体户的小摊贩合法化。与此对比强烈的是，一年后即1982年，因私人企业的野蛮疯长，国民经济出现过热，计划体制下的物资流通秩序大乱，国务院两次下发文件，以"投机倒把"为罪名进行严厉的经济整肃运动。

"投机倒把"这个经济犯罪名词今天已经消失了，但在当时却是一个很严重的罪名。在江浙一带，你如果骑着自行车从这个村到另外一个村，而后座的筐里装了三只以上的鸡鸭，若被发现的话，就算是"投机倒把"，要被抓去批斗，甚至坐牢。到1982年底，全国立案各种经济犯罪16.4万件，结案8.6万件，判刑3万人。其中，温州的八位商贩被列为典型，遭到全国通缉并公开审判，是为轰动天下的"八大王事件"。但两年多后，政策再度趋向市场化，"八大王"咸鱼翻身，竟成改革人物。真是冰火两重天！

世景变迁的幅度之大，往往让人恍若隔世。掩在历史迷雾下的很多事实，在今天看来，竟是如此荒谬和不可思议。

这一年，在自上而下的统一部署下，东莞也成立了打击走私贩私领导小组及办公室，查结走私贩私和"投机倒把"案件379宗。"文革"后刚刚冒头的新一代莞商，原打算在"洋货一条街"靠做小贩、"水客"赚点钱，可顶不住这场整肃运动的风狂雨骤，被扫得七零八落，热闹的市场一度变得肃杀冷清。广东的供销人员，在外省遭受冷眼，有的人无端被当成走私贩私分子，轻则拒之门外，或没收证件；重则公安上门，查扣送办。各种责难之声，形成海啸崩碣之势。时任广东省委书记任仲夷形容，广东的改革开放，"香三年，臭三年，香香臭臭又三年"。

在褒与贬、誉与毁的风风雨雨中，莞商祸福身受，但没有被压倒，没有被摧垮。东莞人的性格就是如此，开弓没有回头箭。莞商从顶着"投机倒把"和走私的恶名，偷偷摸摸当"水客"，发展到把香港人请到东莞来开设工厂生产"洋货"，光明正大地卖给香港、卖到全国。

1986年，小摊档愈开愈多，成行成市，管委会干脆借了51万元，在沙太路原虎门房管所的住宅楼里，开办了第一个服装市场：富民服装批发市场。这就是后来莞商时常提起的"旧富民"。

虎门的历史巨变，就在这些闹哄哄的街边地摊上，开始酝酿了。一个人摆地摊，不过是个不起眼的小货郎；一百个人摆，就变成"洋货一条街"了；一千个人摆，政府就要考虑让他们入室经营了。来自下层的倒逼压力，就这样一点一点推动着上层的改变。

改革开放初期，上与下的距离，并不太远，许多改革都是自下而上推动，上下合力，甚至是从违规开始的。任何小改革，民众都能立即从中受益。这也是20世纪80年代的改革，让人长久怀念、津津乐道的原因之一。

事实证明，中国的改革开放之所以"一放就乱"，根子并不在

"放",而恰恰在于"不放"。市场经济出现的"乱",不是市场经济本身之乱,而是计划经济之乱,因为市场经济受到种种干扰,不能正常发育,"放"不到位,才导致乱象纷现。

但仅仅几年时间,随着内地城市逐步开放,"洋货一条街"出来的地摊货,便身价暴跌,风光不再了。珠三角不断涌现"三来一补"工业,使人们接触到最新的欧洲款式服装、设计精美的日用百货和电子产品,视野突然变得开阔了,顾客的品位也在提升。这时,虎门服装商人凭着先行一步的优势,再次抢占先机,从外商的来料、来样和来件中,获得了升级换代的灵感和养分。这里做出来的时装,照样也能走向国际市场。

据说,2008年希拉里与奥巴马争夺总统候选人时,她所穿的丝绸高级套装,便是产自东莞凤岗。

1991年,虎门个体劳动者管理委员会斥巨资兴建富民商业大厦。1992年,管委会正式注册为东莞市虎门富民服务有限公司。从此由一个政府部门,变成了市场经营公司。1993年,富民大厦终于元吉大成。开张那天的热闹情景,莞人至今难忘。红男绿女,白叟黄童,聚集逾千,像疯了一样拥进大厦内抢购衣服,不管款式,不管尺码,不管男装女服,有多少要多少。这场面让人目瞪口呆,原来衣服还可以这样卖!1282家商铺的货品,开门没多久,就被一阵风似的抢购光了。富民的名气非常大,以至于当时有一个说法:"来东莞不来虎门,等于没到过东莞;来虎门不来富民,等于没到过虎门。"

富民大厦是一个历史的地标。当时间跨过这个地标之后,虎门的服装业,便进入了高速发展的鼎盛期。连俄罗斯、中东、东南亚国家的服装贩子都到虎门进货,据说小贩们都是用麻袋装钱的,生意拍档分钱时,你一堆,我一堆,差不多就行了,懒得细数。许多虎门服装商在回顾那段被媒体称为"草莽时代"的日子时,都以悠然神往的语气说:

"那是一个弯腰就能执（捡）到金的时代。"

当年小小的摆摊，一不留神居然弄出了一个中国最大的服装批发基地来。

由此可以看出，莞商经营方式的变化，完全是跟着市场走的。改革开放的第一炮，是从建立自由市场打响的。可以这么说：计划经济的汤池铁城，正是被这些默默无闻的小商贩在虎门服装的地摊上，撕开了第一个缺口。

想想100多年前的硝烟炮火，想想40年前的拼死大逃港，再想想今天虎门的繁华，新旧一比照，不禁扬眉吐气：今天的虎门终于笑傲江湖了！

莞产音乐剧《马克的奇妙旅行》剧照

这是一个历史性的日子。1985年9月，东莞撤县设市（县级）。东莞从此走上了城市化的高速路。1988年1月，东莞从县级市升级为地级市，获得了更多的自主权。

这一年，第一家世界百强企业瑞士雀巢投资东莞，这是一个划时代的标志，世界开始注视东莞了。

1988年2月5日，4万多名民众在莞城人民公园举行庆祝东莞由县升市大会，广场上龙腾狮舞，鼓声喧天，一挂由50万枚爆竹串联成的长50

米的鞭炮，足足响了11分钟，爆声震耳，电光耀目，硝烟弥天，落红遍地。大人们笑逐颜开，小孩们欢蹦乱跳。所有的莞商，所有的莞人，已不再是"乡民"了，有了一个新身份：市民。从那一天起，他们要学会适应这个新身份了。

这固然反映出国家对东莞的发展寄予厚望，但如果没有莞商从1978年开始大规模地洗脚上田，用10年时间，建立起初级的加工业和商贸市场，为传统农业的升级转型、第一次"腾笼换鸟"，做了大量的基础工作，东莞也未必可以在三年间完成两级跳，由县变县级市，再变地级市。

莞商的命运，始终与改革开放的大业紧紧连在一起，一荣俱荣，一衰俱衰。因此，他们对中国改革开放史上两场至关重要的大辩论，有着比别人更深刻的理解。这两场辩论，直接影响到中国未来100年的走向，也直接影响到莞商的兴衰。

一场发生在1982年至1984年间，是围绕商品经济的争论；另一场发生在1989年至1992年间，是关于市场经济姓"社"姓"资"的争论。两场大辩论，都与邓小平南方视察和广东的改革有密切关系，与莞商的命运息息相关。

其实，"邓小平南方视察"这个词汇组合从来没有在正式的公文中出现过，但是它却在民间和媒体上被广为采用，它寄托了人们对邓小平的尊重和期望。

第一次大辩论，有赖于1984年1月邓小平视察深圳、珠海时，公开表态"深圳的发展和经验证明，我们建立经济特区的政策是正确的"，化解了低凝的政治气流。

第二次大辩论，又是因为邓小平在1992年1月到深圳、珠海视察，提出"在农村改革和城市改革中，不搞争论，大胆地试，大胆地闯""改革开放胆子要大一些""发展才是硬道理""中国要警惕'右'，但主要是防止'左'"，使改革的航船，得以逢凶化吉，继续摸着石头过河,踏浪前行。

两次大辩论,给珠江三角洲带来原子弹式爆炸的巨大反响,无数胸怀发财理想和野心的青年人如孔雀东南飞,"到广东去"!对莞商来说,这是一个让人振奋的好消息。自从1988年第一家世界百强企业瑞士雀巢投资东莞以后,国内风云突起,许多人担心改革开放会中途夭折,现在人心稳定了。

东莞继续向世界敞开大门,并吸引了众多的世界500强企业在东莞安营扎寨。

身处改革开放前沿的莞商,没有谁会比他们对政治环境的气候变化,有着更深的感受了。在邓小平的南方谈话发表不久,一首《春天的故事》,便迅速唱红大江南北。这首歌的歌词作者之一叶旭全,就是一位地地道道的莞商。正是在第二次春天的催化下,叶旭全于2001年投身商海,从东莞起家,挺进深港两地,先后担任三家公司的董事局主席、董事长,还获得"全国劳动模范""广东省优秀音乐家"等荣誉和称号。

叶旭全在商海的成功经历,可以说是全体莞商在改革开放第二个春天中起飞的缩影。因此,莞商们对《春天的故事》这首歌特别有感情。据说,当时叶旭全等词曲作者想制作MTV,但苦于没有资金,便向东莞的朋友求助。莞商们一听是歌颂邓小平和改革开放的歌曲,二话不说,马上慷慨解囊,赞助了十几万元,终使歌碟顺利出版。

改革开放,春江水暖,给莞商带来了实实在在的好处,所以他们唱起这首歌时,总是特别投入,感情特别充沛:

……
天地间荡起滚滚春潮,
征途上扬起浩浩风帆。

春风啊吹绿了东方神州,
春雨啊滋润了华夏故园。
啊,中国!啊,中国!
你展开了一幅百年的新画卷,
你展开了一幅百年的新画卷,
捧出万紫千红的春天。

与叶旭全一样,莞商华叔(对方要求隐名)同样对改革开放、对邓小平充满感恩之情。华叔是穷苦家庭出身,通过鞋业外贸加工发家,如今已是数千万元身家。30年前,华叔一家七口挤住在不足60平方米的泥砖房里;现在,他三个儿女均已成家,分别有自己的公司和别墅,而他和老伴则居住在村里福利分配的近200平方米的高层洋房。

每天早上,阳光都会透过阳台明亮的玻璃落地大窗,金灿灿地洒在客厅中。华叔不用出门,阳光似乎就是为他准备的,这样的阳光浴,是他最喜欢、最满意的。年逾六旬的华叔还不想退休,他每天开车上下班,一路上都要用车载音响循环播放《春天的故事》,然后一遍又一遍地跟着哼唱。

更特别的是,在他家饭厅里还挂着邓小平的画像。华叔对笔者说:"每天拿起筷子吃饭的时候,一抬头就看见了邓公。我们最应该感谢他,没有他,哪能过上今天的好日子。"

这就是最典型的饮水思源。相信很多莞商乃至中国人,对华叔的经历都深有同感。

那些春天的故事啊,就像那滚滚春潮。

11. 爱上这座城

追求高效率，争喝"头啖汤"，只是东莞人性格中的一面，而且是在改革开放以后，被过度渲染、放大的一面。其实东莞人还有另外一面，往往不为人提起，就是温和淡然，有一颗平常心、包容心，表现在生意上就是"和气生财"，表现在为人处世上，就是经常会把"求其啦""事但啦"（粤语，两者均为随便之意）挂在嘴边，这种安闲自在，待人接物不刻意相求，一切顺其自然的特点，养成了莞商从容淡定、宽容大度的个性和开放包容不排外的价值取向。

2013年，有媒体推出中国城市包容度排名，东莞名列第一。2015年中国四十城包容度排名，东莞以榜首蝉联"全国胸怀最大之城"。

大海浩瀚，可纳百川。比海洋更宽广的，是人的胸怀。莞商深谙这个道理：滚滚长江东逝水，富豪再富也是阶段性的。要生生不息，就要有包容性意识，真正构建共存共荣而不是一家通吃的大生态。否则，现在再牛，也撑不长久。

有容乃大。我们先看看莞商的构成。国内的其他商帮如晋商、浙商、温州商帮、潮州商帮等，地缘背景是比较单一的，基本上是由同一籍贯的人组成，晋商就是山西人，浙商就是浙江人，但莞商的血缘却相当广泛，大大突破了籍贯的局限。

历史学家不厌其烦地反复强调：广东是一个移民大省。这一点对岭

东莞是一座充满活力的城市

南文化的形成，具有非比寻常的意义。在这个大平台上成长起来的新莞商，来自五湖四海、天南地北，可以用"内外三角四方"来概括。内即国内，外即国外；三角者，内地/大陆、港澳、台湾也；四方者，除港澳方、台方外，内地又可分为南方、北方。南方是哪儿？北方是哪儿？不同的标准有不同的说法。不过，广东人习惯视野狭窄地以广东北面的南岭山脉为界来划分，南岭以南是南方，南岭以北是北方，甚至除了两广及海南之外，其他省份一概视为北方，包括教科书上说的标准的南方，如湖南、江西、四川、浙江等。

但是，广东人判别是否为北方有三条很通俗的标准：是否说普通话？是否天冷下雪？是否吃辣椒？话说湖南人刚来东莞时被视为北方人，并因被称为"捞兄""捞妹"而极不自在，不料待久了，一开口竟习惯自然地自称"我们北方人"如何如何……

不过，不管你是"本地姜"，还是"过江龙"，莞商从来是"英雄不问出处"的，只要你有真本领，都可以在这里开创一片属于自己的天地。

这个"内外三角四方"的结构，是在改革开放40年间逐步形成的，并以一种互相竞争、互相依存、互相促进、互相吸引的关系维系着。莞商中的"北方"成员，也占有很重要的位置。多少人从"北方"来到东莞创业，正是由于东莞向他们敞开大门，提供了一个天高任鸟飞、海阔凭鱼跃的天地和改变命运的机遇。

无数的"新莞人"在东莞大地演绎了麻雀变凤凰的人生传奇，并让"莞商"的内涵得到不断更新，让改革开放有了更加丰富的社会肌理。

这也是东莞经济得以长久保持活力的源泉。

1995年，山西小伙子袁斌本来是从深圳坐大巴车去广州帮公司追债，然后返回山西的，结果大巴车到了东莞，就被"卖猪仔"（粤语，通常指乘坐某交通工具，结果没到目的地就在半路被赶下车，或被安排

松山湖管委会

到别的车的情况）。袁斌稀里糊涂地下了车，四周一看，到处都是工地，一派欣欣向荣，百废待兴的感觉，顿时有了留在东莞创业的冲动。

且听袁斌的表白："因为本地人都讲白话（指粤语），所以我们在语言沟通上有很大障碍。我说普通话，他们只听懂七八成，他们说本地话，我却完全听不懂。但留下来没多久，我就发现东莞跟内地省份有很大不同，包容性很好，他们虽然会叫我'北佬'，但并不是骂人或歧视，只是他们的口头禅而已。这里的老板很讲诚信，讲一句算一句，大家都在忙生意，根本没时间去你骗我，我骗你，或者是我挖你墙脚，你挖我墙脚。那个时候在内地做生意签了合同还要去做公证，做了公证还要找熟人担保，甚至还不一定能收到钱。但跟东莞人做生意就简单多了，他看过你的产品认为没问题，你明天给他送货时肯定会当场收到现金的，甚至我们做几百万元、上千万元的合同，也是一句话就去做了，房子盖完了才去收钱都有可能。"

由陌生到熟悉，由熟悉到融入感情，袁斌很快就融入了东莞社会和东莞人的生活习性中，事业也得到了快速发展。在短短三个月内，袁斌从一个月400元工资的业务员做到了公司业务副总。1997年，他和几个志同道合的朋友开办了第一家公司：东莞市宏达办公设备有限公司，至2003年成功组建了宏达工贸集团，现在宏达工贸集团已是"中国建筑500强""省民科企业""广东省著名商标企业"和"东莞民企50强"。袁斌本人亦当选为东莞市人大代表。

像袁斌这样两手空空到东莞，经过一番拼搏终于干出了大事业的故事，笔者在东莞采访时还了解到很多——

启光集团董事长邱启光把"先有思路，后有出路。没有梦想，如何成真"当座右铭。1992年，20岁的他怀揣100元路费，带着女友，从福建上杭来到东莞打工。他从第一份工作油漆工开始，历经20年奋斗，打下了年产值超20亿元的"江山"。

松山湖华为欧洲小镇

郑耀南是都市丽人服装品牌创始人，这是个典型的"屌丝逆袭"传奇人物。20年前他还是沃尔玛超市的一名保安，后到东莞卖女性内衣创业，如今已成为身家过40亿元的富豪。2014年世界莞商大会开幕式当天，都市丽人于香港联交所主板上市，目前全国零售网络门店超过7000家，正积极开拓东南亚等海外市场。郑耀南开玩笑说："我不是富二代，我是富二代他爹！"

东长集团董事长吴育能，1989年，年仅15岁的他攥着积攒已久的50元零花钱舍不得花，一意孤行闯东莞。他从批发水果做起，最终竟成了千万富翁。

80后孟豪，19岁时怀揣50元从河南来东莞打工，如今已成为全国安检门市场的大腕，其品牌守门神已挺进欧美市场。

福建人赵星宝来东莞打拼，10年间由一个一穷二白的业务员，成长为一个拥有11家子公司的盈聚电子集团董事长，其产品在国际市场打响，演绎了一个麻雀也能变凤凰的传奇。

…………

莞商以开放包容的姿态，不断注入移民的新鲜血液，使得自己的肌体日益强壮健硕。这一点，在松山湖科技产业园得到了最完美的诠释。松山湖是2001年经广东省政府批准设立的高新技术产业开发区，位于大朗、大岭山、寮步三镇之间，有媒体把它称作"中国硅谷"，也有媒体形容它是"创业企业的栖息地"。国家科技部组织的有关专家委员会把它评定为"中国最具发展潜力的高新技术产业开发区"，它就像一个"联合国"的微缩版，里面有来自全国各地、世界各地的企业。开发区宣称，它就是一个"明日之星"的"孵化器"，聚五洲英才于此，见证着新生代、新新生代的莞商从这里"破壳"而出。

这个松山湖，不但是东莞商业巨大的"孵化器"，还是会"吸星大法"的"武林高手"，把世界各地一流的企业和商业精英吸引至此。邻居深圳的华为集团，就把华为终端总部从深圳龙岗搬至松山湖。2015年，无论纳税还是营收，华为终端（东莞）有限公司都位居东莞第一，虽然没有公布具体数据，但有人估算，营收达到千亿元级别，税收为20亿元。目前，华为已成为东莞最耀眼的企业。富士康已从深圳逐步撤离，如果再让华为跑了，深圳商业无异于丢了半壁江山。

媒体因此惊呼：可别让华为跑了！

深圳慌了，东莞笑了。

带给莞商的，却是骄傲。

辩证法告诉人们：凡事都有两面性。有人说东莞很包容，当然也会有人说东莞很排外。那么事实如何呢？先从"外来妹"说起——

1991年，一部由广州电视台制作的10集电视连续剧《外来妹》，在中央电视台播出后，轰动了全国。电视剧描写六个来自北方贫穷山区的女性在广东沿海地区打工的命运，主要内容是女主角赵小云从一个普通打工妹成长为一位青年莞商的奋斗经历。曲折的剧情，精彩的表演，带给观众长久思考的内容和回味的余地。

这是内地第一部触及改革开放后劳资关系问题的电视剧。导演和编剧曾在虎门和打工者一起生活了几个月，主要在东莞拍摄，说《外来妹》代表东莞并不为过。电视剧获得了第十二届电视剧飞天奖及第十届中国电视金鹰奖，"外来妹"这个词，也借着电视荧屏传遍了大江南北。由"甜歌皇后"杨钰莹演唱的该剧主题曲《我不想说》更是家喻户晓。

1994年，22岁的陕西姑娘向莉生意失败欠下巨额债务，受这部电视剧的影响，怀揣仅有的200元闯东莞以图东山再起。她先后当过电子厂和鞋厂的流水线工人，"第一个月的工资是175元，扣除办理暂住证等费用后，仅领到20元。"后来，性格开朗、口齿伶俐的她身兼两职，做起了印刷厂业务员和医药销售，淘到第一桶金后，迅速单干，发展为国内多家制药厂的广东总代理。如今，向莉已是国内一家著名医药上市公司的股东，担任东莞陕西商会常务副会长，还正在老家陕西安康投资建设一个30万亩的中药材种植和加工基地。

2016年6月的一个周末，向莉在接受笔者采访时，泪花闪烁地说起了她艰辛的打工往事："我从一个打工妹做起，一路走来，虽然经历了太多的磨难，但也很庆幸来到了东莞，这里的人很包容、很友善。我觉得《外来妹》就是在讲我自己的故事。前不久，我还专门利用两天时间，在网上从头到尾又看了一遍这部电视剧，看得我心头的酸甜苦辣全涌了上来。我一边看一边流泪，眼睛都哭肿了。"

《外来妹》走红之时，"外来工""外来妹"还是一些充满理想主义正能量的词汇，但在社会上流行没多久，就有一些敏感的人提出质疑，认为"外"字可能会人为地造成地域隔阂，甚至有地域歧视的嫌疑。大家都是中国公民，不应内外有别。

本来，"农民工""外来工"这些称谓都是中性的，就像"南下干部""华侨""侨民""白领""蓝领"一样，只是用来指代某一群体而已。如果他们在东莞扎下根来，开枝散叶，这些称谓便会自然消失。但既然现在已经被赋予了歧视的色彩，伤害了大部分人的感情，那东莞便不能听之任之了。

2007年初，东莞社会各界都在讨论：如果不叫"外来工"，叫什么更合适？

经过三个月的全市大讨论，人们提出了1000多条建议。经过有关部门的梳理和汇总，筛选出46种备选称谓，最后确定以"新莞人"取代"外来工"的称谓。这成为那一年东莞市为新莞人重点做的10件好事之一。从"外来工"到"新莞人"，体现了这座城市的包容情怀。

同样被质疑东莞人排外的"证据"，还有"捞兄"一词。不少人认为这个词亦有歧视意味。

殊不知，"捞兄"一词，并非广东人发明的，而恰恰是由北方人的自称演变而来的。北方人来广东，常尊称他人为"老兄"；广东人听多了，也跟着叫，但由于发音不准，于是就变成了"捞兄"，有时又叫"捞佬"或是"捞妹"（不过，现在这些称呼在东莞似乎已成为历史，统一被"新莞人"所代替）。

这和广东各地市的人都自称"××（地名）佬"，如"东莞佬""茂名佬""梅州佬"，而叫潮州人"冷佬"，叫日本人"架佬"，叫西方人"鬼佬"一样，虽然多少含有些戏谑成分，但要把它提升到地域歧视的范畴，认为广东人排外，则未免有些小题大做了。更何况，北方人也经常称呼广东人为"广佬"。再举一例，有位在广东发展起来的浙江籍知名音乐人就取艺名叫"捞仔"，如果这个"捞"字有歧视，他不可能自取其辱吧？

人们极少从广东的影视作品中看到对外省人标签性的丑化，倒是经常看到一些作品中对广东或广东人形象不佳的描述。比如贾樟柯获国际大奖的《天注定》，讲到东莞的"小姐"；香港电影《一路向西》虽未点东莞，但话里话外都有所暗指；韩寒的畅销处女作《后会无期》中的东莞人阿吕是个骗子；等等。还有的甚至夸张地贬损广东人，将其描绘为"个子瘦小，脖子上挂着几两重的金链，手戴金镶玉大戒指，见利忘义，说一口每句话尾音都有个'啦'字的'鸟语'，见了美女就夸张地惊呼'哇'"的形象。

笔者也未曾听过哪个广东人说北方是"文化沙漠"，但说广东，说东莞是"文化沙漠"的言论，却不绝于耳。这不禁让人心生疑惑，到底是谁在排斥谁呢？

那么，东莞到底排不排外？打口水仗没意义，还是让数据说话吧——

2016年伊始，权威部门公布的《2015年中国城市包容度排行榜》中，东莞击败了"北上广深"首居榜首，成了全国包容度最高的城市。据《广东省统计年鉴2015》公布：2015年东莞常住人口为834.31万，本地户籍人口为191.39万，净流入人口为642.92万，占常住人口的77.06%。通俗地说，东莞每10人当中，只有不到3人是本地人，或者也可以用反向思维说，如果东莞很排外，那么每10人当中，可能只有不到3人是外地人。

榜单的评语说："虽然东莞近年来遭遇到严重的产业危机，但是，其数十年积累的开放精神未变，在产业大量外流的情况下，东莞仍然具备强大的吸引力和包容性。东莞的发展奇迹，本身就是一种博大与包容的胜利。"

从商业的角度看，东莞特殊的人口结构适于创业。最突出的是餐饮业，由于外地人远超本地人，五湖四海的人在东莞都有，征服东莞等于征服全中国。中式快餐第一品牌真功夫、全国连锁餐饮知名品牌蒙自源、鹤留山均出自东莞。

在东莞，还流行一种"牵手文化"。所谓"牵手"，其一是干部与群众的牵手；其二是政府和商人的牵手；其三是本地市民与新莞人的牵手；其四是外来文化与本地文化的牵手。通过文化这个平台，手一牵，相互之间的陌生与隔阂便消除了。这是一种人际交往的技巧，更是一种宽阔的胸怀。

在本书的采访中，笔者接触了大量的外来人，有大企业家，也有小商贩；有政府官员，也有普通百姓；有本地人，也有外省人；有大陆人，也有港澳台同胞；有中国人，也有外国人。他们来自不同的地方，但笔者听到的，虽然不是一味说好的声音，他们对东莞也有怨言，也会发发牢骚，但怨言并不多，虽怨犹爱。这引发了笔者一个深层次的思考：东莞既不是省会城市，又没有特区的优惠政策，为何能成为客商蜂拥而来的世界制造工厂？为何珠三角均为改革开放活跃地，外来工最多的却是东莞？

不得不说，这与东莞的人文环境有关。这片土地适合他们生长。

笔者所遇到的这些采访对象，无论是为"大我"的奋斗还是为"小我"的生活，他们都视东莞为安身之所，安于东莞的生活。因为这个包容而开明的城市能成就他们的事业，亦能容纳他们的个性。

多年以前，东莞东坑黄麻岭就宽厚地收留了一个流浪的打工妹，她在那里生活了六年，后来从一个流水线员工变成一个名扬全国的打工诗人——郑小琼。郑小琼还是全国人大代表，曾与韩寒、刑荣勤、春树一同入选中国80后作家实力榜。

莞商的经营哲学就是"有钱大家揾"，无论你从哪里来，无论你带来的是资金，还是智力，或者只带着"一铺牛力"（一身力气）来的，无论你是投资商，还是"外来妹""外来工"，只要你是真爱这片土地，真为这片土地好，真正愿意融入当地文化，都无限欢迎。东莞鸿福实业发展有限公司的老板是本地人，但他的员工1300多人却全部来自东莞之外，没有一个是本地人的亲戚裙带关系。你说他排外吗？

宏远集团创始人陈林也说："做企业不能只用本地人。东莞用人，有包容性，宏远现在的决策和经营管理人才都是从五湖四海招来的。比如，上市公司的董事长是青海的，总经理是兴宁的，集团公司副董事长是增城的，财务总监是汕头的。"

由世界莞商大会评选出的"杰出莞商"中，台升家具董事长郭山辉是台湾人，玖龙造纸有限公司董事长张茵是黑龙江人，唯美集团董事长黄建平是普宁人，宏川集团董事长林海川是普宁人，以纯集团有限公司董事长郭东林是河源人，东阳光实业发展有限公司董事长张中能是浙江东阳人……这说明是不是莞商，重点不在他的籍贯，如果他的事业是建立在东莞的，与东莞的发展密不可分的，他就是莞商的一员。

东莞排外吗？莞商排外吗？新莞人只能在流水线上流血流汗吗？

事实胜于雄辩。

东莞包容天下，而一些新莞人，甚至包括曾经在东莞工作和生活过的人，也以自己的方式在爱着东莞、回报东莞。广东省人民政府副秘书长、广东省第七批援疆前方指挥部常务副总指挥贺宇，2015年去新疆途经兰州时就有一个"奇遇"。在一个商铺买东西付钱时，老板一听说贺宇是东莞人，当即给打了八折。老板娘闻讯也走过来，非常爽快地说："打八折还不够，我免费打包给您寄回东莞，免得您随身带着这个大件不方便。"贺宇问为什么？老板说，他是宁夏的回民，原来很穷，就跑到东莞长安打工，不但赚了钱，还在东莞找到了老婆。后来，夫妻俩回兰州开店铺当上了老板，一家三口生活得很好。"感谢东莞，让我'五子登科'，赚到了票子，有了妻子、孩子，现在又有了铺子和车子。所以，给东莞人打八折是必须的。"

贺宇说，那一刻，他觉得自己身为东莞人，非常自豪！

东莞从来不是一个排外的城市，过去不是，现在不是，将来更不会是。

两千多年前，南越王赵佗是河北人，但他尊重岭南本土文化，推行"百越和集"和"变服从俗"的政策，广东人便尊他为岭南的人文始祖。毛泽东则称赵佗为"中国历史上的南下干部第一人"。这叫你敬人一尺，人敬你一丈。改革开放以来，东莞为无数怀着美好梦想南下创业与谋生的人，提供了天高任鸟飞的平台。

东莞为什么会有经济崛起的奇迹？莞商为什么能迅速发展壮大？很大的原因就在这里。新莞人把各地的文化都带到东莞，形成天南海北，五方杂处的优势，使莞商得以尽取别人所长，为我所用。"苟日新，日日新，又日新"，一个充满活力的现代商帮，便在南海之滨诞生了。

东莞确实是个充满机遇的大舞台，这里不仅每天都在自己创造奇迹，也为成千上万的外乡人创造了一个实现人生价值的机会——你可以没有学历，可以没有背景，只要你勤劳、肯干、有毅力，在东莞这座富矿山上，就一定能掘到宝藏。

这里的阳光，普照在每一个人身上。

哲人说：我心安处，即是故乡。在东莞人气最旺的东莞阳光网上，笔者发现一篇作者匿名的散文《如果可以，让我们留在东莞》人气挺旺。可以说，文章婉转动人，反映了新莞人的普遍心声——

如果可以，我们一起留在东莞。这里有高山，也邻近大海，我们可以一起爬山，也可以一起下海，为了梦想，为了奋斗，让我们的青春一起留在东莞。

如果可以，我们一起留在东莞。在这个举目无亲的小城，没有复杂的人际关系，到行政大厅里办事，一个个流程简单明了，不用交钱也能办好事，不像有些地方收了钱事还办不好，车撞了可以直接打电话报保险，也不用四处摸门路找熟人；交警来了，我不认识他，他也不认识我，不管你是开宝马，还是骑单车，按章办事，公平得很；在这个缺乏亲人的小城，三五个知己却胜似亲人，有困难的时候都毫不吝啬，一个电话我们就能聚到一起。

如果可以，我们一起留在东莞。让我们接来父母，跟我们一起生活，忙碌的时候让父母在家看看电视，逛逛公园，带带我们的孩子；闲着的时候陪父母聊聊天，下下象棋或者散散步；如果可以，一家人生活在一起该有多好，没有家乡那些世俗偏见，也没有那些不好的社会风气，仿若一个世外桃源，虽然生活在人群里，但却有着属于我们的一方净土。

如果可以，就让我们一起留在东莞，留在这个我们用青春换来的地方。

……

读罢此文章，笔者自然地想到了流传在东莞的一句话：东莞不是让你一见钟情的城市，但绝对是让你日久生情，欲离难舍的城市。

而笔者的文友、曾任《东莞时报》总编辑的谭军波，30多年间辗转于北京、上海、广州、重庆、佛山等多个城市，最后选择在东莞安居乐业。谭军波在他开设的个人专栏《莞谭》中多次宣传："东莞是一个最包容、最有人情味的城市。"他还用直白的语言写了一首诗，表达了"爱上东莞的十大理由"：

楼不高无高架公园多广场大；
马路宽堵车少停车易收费低；
民风纯有人情易交友不排外；

房价低最宜居性价比胜深穗；
收入高福利好成本低生活美；
酒店好档次高服务优价格低；
篮球城有活力老百姓爱运动；
节日多节目丰有高雅有通俗；
美食鲜品类多特色足极方便。

下篇

内心坚守——

不一样的莞商

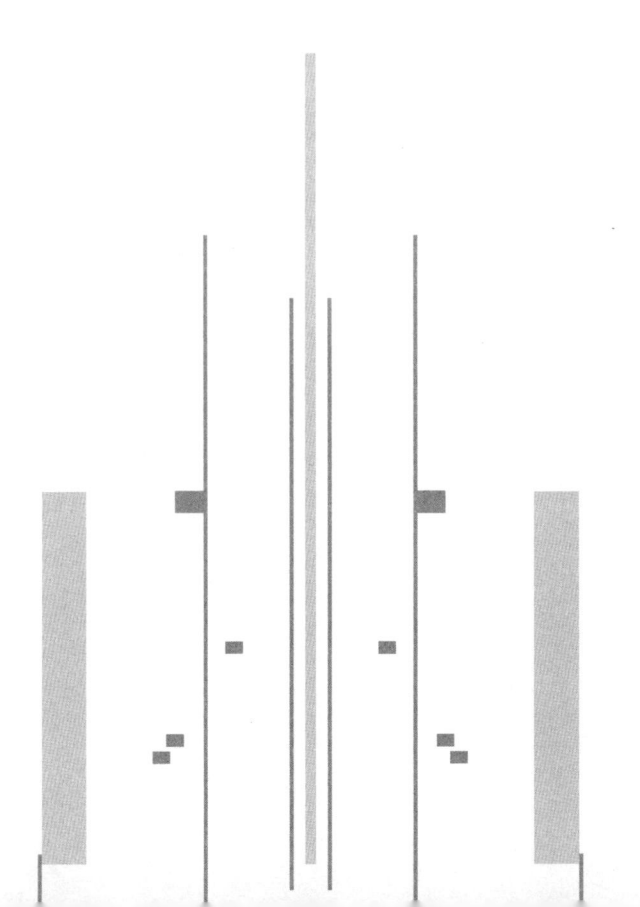

12. 莞人与莞商

五岭之南，南海之滨，有一个族群，千百年来，在这片土地上寒耕热耘，生息繁衍，开创文明，亦承担着天地人生的善美福德，他们的名字叫——莞人。

在莞人当中，又有一些出类拔萃之辈，无论日月星辰、大海桑田如何变幻，始终秉持着"天变不足畏，祖宗不足法，人言不足恤"的英锐之气，既有天真与率直的活力，亦不失敦厚笃实、沉毅坚忍、谦克忠敬的胸怀，他们的思想智慧与行动能力，是长年在大江大海、风口浪尖的生活中磨炼出来的，所以格外顽强充沛。他们的名字叫——莞商。

众所周知，所谓"北上广深"，是指北京、上海、广州、深圳。偌大一个中国，能跻身一线城市的，也就这四个，广东占了两个。这四个超级城市，就像四颗璀璨的巨星，往往会把周边的群星映照得黯然失色，试看天津、石家庄，无论怎样奋起，其光芒亦常被北京所掩；南京、苏州，干得再出色，也不敌上海风头之盛。

而东莞，不是处在一颗巨星的光晕之内，而是夹在两颗巨星中间！

广州至深圳的150公里距离，就是东莞的地理宽度。广、深有多远，东莞就有多宽。然而，它的经济宽度，却远远超出了这150公里的地理宽度。虽然夹在广、深中间，却不是靠这两大城市分一杯羹，才有饭吃；不是靠"站在巨人肩膀上"，才显出自己的高大；它更不是月亮，自己不发光，只会反射太阳的光芒。它本身就是一个巨人，即使与广、深并肩而立，也毫不逊色，毫不怯场。东莞给世界的印象，从来就不是广、深的"附属品"，不是广、深的卫星城，它在岭南文化与经济的大舞台上，以独树一帜的本土文化，独立坚实的产业基础，独辟蹊径的发展方向，成为举足轻重的"方面军"。

这是因为——东莞有莞商！

2017年，东莞从一个种番薯、甘蔗的农业县，成长为GDP总量达7582.12亿元的现代经济大城市，不过花了近40年时间。东莞不仅是中国改革开放的先行地，而且已经成了中国未来发展的示范区。以政府为推手，在一代莞商的手中，完成了这个"华丽转身"，不能不让人惊叹这是一个千古未有的传奇。

很多人听过粤商、晋商、徽商、浙商、闽商这些响当当的商帮名称，有谁听过莞商？有谁谈论过莞商？

少之又少。

实事求是地讲，2012年世界莞商联合会成立之前，鲜有"莞商"之说。我们现在所论述的"莞商"是一个多元复合概念，是改革开放以后才异军突起，形成了群体特征鲜明、地缘化的东莞商人团体，因此言之为"莞商"，不仅具有较强的动态性，也具有开创性及划时代之意义。

笔者就"莞商"的定义问题，多次与东莞多位文史专家、学者、商人以及世界莞商联合会等相关人士和机构深入探讨研究后，如此定义——

广义上的"莞商"泛指东莞的商业和世界各地所有东莞籍（原籍）的商人，以及在东莞创业经营的非东莞籍商人；狭义上的"莞商"专指世界各地所有东莞籍（原籍）的商人，以及在东莞白手起家的非东莞籍商人。

本书所论述的，便是广义上的"莞商"。莞商人员的构成呈"三足鼎立"格局：其一是东莞本籍在本土发展的商人；其二是原（户）籍东莞走出去创业的商人；其三是非东莞籍来东莞创业的商人。

哪些人算是莞商？"东莞文化很包容，不管是本土商人，还是外来东莞经商的人，或者是东莞走出去的商人，只要他自己认，都算莞商。"世界莞商联合会敞开胸怀，亮出其开放包容和务实的性格，为"莞商"的定义丰富了内涵、拓宽了外延。

"莞商"这个"孩子"，虽然出生已久，现在才算正式取名，晚虽晚矣，但这个群体，毕竟从此之后师出有名了。这个群体的人数，不可胜数。他们构成了东莞历史的真正底色，是中国经济的支柱之一，是岭南文化的坚厚基石，也是东莞未来的希望所在。

2014年，中山大学中文系主任李炜曾指导11名大学生对身份地位各异的东莞人进行了长达两个月的访谈调查，并与逾百位访谈对象"保持了最大的民间立场"，以探秘东莞人的性格密码，并采写出版了《东莞人：讲出自己的故事》一书。李教授在此书序言中概括说："莞商乃至东莞人，最突出的特点就是'升了富了不变形'，就是说无论升官或发财，他们还是该干吗就干吗，以前啥样儿还啥样儿，不像我常常在其他某些大城市所看到的那样，一旦升了、富了，就变着法儿地显摆，生怕人家不知道，一个个要么目中无人，要么气宇轩昂，好像一定要镇住你而后快似的。"

这个评价，笔者认为是恰当的。有一个事实可有力证明，东莞的富豪发家前大多是农民，但他们从不讳言自己的出身，无论是面对高官，还是普通市民或媒体，他们都坦言事实。比如龙泉的张佛恩，"我原来是开拖拉机的"；宏远的陈林，"我是种田出身的农民"；鸿福的梁锦枝，"全东莞都知道我原来是卖咸鱼的"……

采访中，一位不愿意公开姓名的莞商说："我农村出身，只读过小学,打过工,要过饭……"话语坦诚,让笔者内心极受震动:一个商界大亨,时刻铭记自己的疾苦,并且毫不掩饰,实属率真而难得。

这个社会,有太多表面光鲜亮丽的人,却在使尽浑身解数,竭力掩饰自己暗淡的过往以"洗白"自己,以塑就原本就是尊贵命的形象。

而眼前这个亿万富翁,却在并不熟悉的笔者面前,三言两语之间,便自然地提及自己的贫寒出身及悲苦经历,眼眶里竟然泛起了感慨的泪花,此情此景,让人动容。笔者情不自禁地想起了艾青那句著名的诗:为什么我的眼里常含泪水?因为我对这土地爱得深沉。

这位莞商大亨的泪花,不但是对他瞬间勾起的悲情岁月的感怀,更是对他今天靠拼搏得来的幸福生活的感恩——感恩东莞这片土地,感恩中国改革开放。

李教授还说起了曾亲身经历的一个故事,有一回他在北京参加一个以政府官员为主的饭局,一位刚提拔的年轻厅官端着酒杯居高临下地对大家说:"这里我官最大,听我的,来!都用大杯倒满了干!"他觉得这事儿如果发生在东莞,人们一定会把这位厅官当"戆居"(有毛病)。更何况东莞人大多酒量一般,习惯了不会跟人家大杯喝酒,都是量力而为,碰碰杯意思意思就好了。

更多的时候,跟东莞人乃至广东人吃饭,座次不过分讲究,话题不云山雾绕,点菜惯例是有鸡有鱼有青菜,喝酒一般是洋酒或红酒,甚至干脆洋酒、红酒、白酒、啤酒全端上,让客人自选。礼节性碰杯之后,主客自便,不劝酒,不灌酒,更不逼酒,喝什么喝多少,吃也好喝也罢,均无任何压力。

说到酒,笔者在此还想说说一个关于东莞和酒的商业谜团及遗憾。东莞曾产棉酒,并于1915年在美国旧金山—巴拿马万国博览会上,与张裕、汾酒、茅台共同获得金奖,还被记载在当年的《巴拿马太平洋万国博览会要览》的获奖榜单里。同一榜单上还发现,东莞棉酒产自东莞农事试验场，而同样产自这个试验场的棉油、树油及种子，还有笋干鲜笋也获得金牌。也就是说，在那年的世博会上，东莞一并摘下了三块金牌。

史料上把棉酒描绘得十分传神。当时《巴拿马万国博览会会刊》及《旧金山报》将其获得金奖评为"不可思议的事件"，并评价其"风味独特而显其长……"

这种酒会是怎样的醇香和风味独特？世人或已难知，可能只有去世的美国前总统才知道。

据世博会史料记载，1915年2月25日，美国总统伍德罗·威尔逊、副总统托马斯·马歇尔及前总统西奥多·罗斯福及各界要员光临中国馆，并品尝了中国参展的十多种名酒，对风味独特的中国名酒赞不绝口。东莞棉酒获得金牌，自然归属名酒之列。当时，这一消息立即在旧金山的华人中引起了轰动，华侨社团还特意设宴庆贺。

可惜，如今茅台、张裕、汾酒名扬天下，东莞棉酒这个名噪世界的品牌却消失得无影无踪，甚至在东莞史料上都是一片空白。棉酒是什么样的酒？是用棉花生产的吗？生产棉酒的农事试验场又在哪儿？棉酒为何在世间消失了？棉酒之谜，期待东莞有识之士进一步挖掘和揭秘，并发挥其潜在的经济价值。

相信真正熟悉东莞的人都知道，在东莞你很难凭借穿衣打扮、座驾乃至气质来判定谁是富人。因为他们拥有的财富，根本不需要通过这些外在的东西来彰显，甚至如果你某天穿着西装革履出门，朋友也许会好奇地问道："你什么时候改卖保险（做直销）了？"原来，在东莞，穿得一本正经的大多是推销员，其他人一般都穿得较随心随意，干净舒适便可。可某些大城市，就听说有不少人为装阔而借钱或贷款买悍马、路虎。这在东莞人看来纯属"戆居"。

探秘东莞人为何"升了富了不变形"，李教授认为这与他们在精神上的某些传承和坚守密不可分，至少有以下几方面原因：一是重情义；二是诚信；三是勤力（比勤奋更加卖力）；四是低调谦虚；五是务实明理；六是包容并蓄。笔者也试图为莞商精神"厚德务实，敢为人先"的形成进行探源：岭南历史文化的哺育；海洋文明的塑造；家风家教的传承；移民文化的助推；经济发展的促动；性格个性的养成。

遗憾的是，似乎有太多的人对东莞及莞商存在误解和偏见，什么东莞靠剥削廉价劳工发家啦，东莞老板没文化啦，莞商是暴发户啦。各种道听途说、人云亦云、似是而非的嘲笑与谩骂，此起彼伏，以至于过去很多人一听到"东莞"这个名字时，一般都会暧昧地对视一眼，会心地怪笑或坏笑几声。

2014年初，《中国青年报》著名评论员曹林也撰文说，以前他也是这样，听到东莞时也会这样暧昧地坏笑，但当他有一天看到一条关于东莞的新闻后，便意识到这种暧昧坏笑会在无形中给东莞人带来伤害。这条新闻说，现在不少在东莞工作的人都不敢跟家人说在东莞打工，而是含糊地说"在广东打工"——在这里工作的女白领，更是竭力避免提这个名字。一些到东莞出差的人，也不敢跟家人说到这里出差。原因很简单，害怕外人的想象力，担心外人那怪异的目光和暧昧的坏笑或怪笑。

其实，很多人只是把这当成一种调侃和玩笑，但没想到这种像病毒一样的玩笑，在东莞人心里投下了许多挥之不去的阴影，更给生活在这座城市中的"无辜的绝大多数人"带来了许多有形无形的伤害。

人们习惯于把莞商按地域属性笼统地划归到粤商范畴里，是粤商的分支，而忽略了莞商有着自己独特的发展历史、独特的人文环境、独特而鲜明的地域个性。

在近现代，粤商之所以能赫赫有名，继晋商、徽商衰弱之后仍能发展，就在于为岭南、海洋、移民三大文化所哺育，形成了一种开放、冒险的精神，较早地进行国际商业贸易。而莞商也参与其中，石龙当年就靠贸易往来成了广东四大名镇之一；南洋一带至今仍保存着莞商先贤创建的商号及兴建的建筑，如越南始创于明朝、至今仍在经营的罗天泰号商铺，以及建于乾隆年间的广肇会馆；莞商中还涌现闻名一方、以周少岐为代表的周氏家族和"爆竹大王"陈兰芳这样的实业家。

国贸大厦动工仪式现场

可惜，莞人过于务实低调而疏于务虚、疏于记载，更多耐人寻味的故事湮灭于历史当中。

但是，如果有谁以为粤商只是指广府商帮、潮州商帮、海陆丰商帮、梅州客家商帮，或者是香山商帮、佛山商帮等，那就错了。人们在谈论粤商时，东莞商帮是从来不会，也不能缺席的。虽然莞商作为一个群体，有着外冷内热、低调含蓄的特点，外表看似平平无奇，内里却是千岩万壑，山高溪深，钟灵毓秀，有如一座还未完全勘探开发的丰富矿藏。

东莞虽然地处广东，但如果硬要划分的话，莞商还是可以从大粤商中单独列出来，与潮商、客商、深商一起排排坐的。莞商既同于粤商，又异于粤商。它和粤商共同植根于改革开放的沃土中，熏染于岭南文化的大缸里，同根同源，同声同气，里里外外自然浸染了很多粤商的色彩，比如，粤商的求实性、趋利性、求和性、创新性、灵活性，喜欢"头啖汤"，市场开拓能力强，等等。但是，莞商又是"不一样"的，比如，它与香港的"特殊血缘"、与广州及深圳的"特殊关系"，特殊的"人口结构"、特殊的"东莞制造"，等等。

因此，莞商与粤商虽然同宗同源，但还是有一些区别的。

如果说，粤商是一锅"老火靓汤"，那么莞商则是一锅"什锦靓汤"。不过，不管是何种"汤"，最终都将流入中华大地的土壤之中，成为民族精神的重要因子。

13. 敢喝"头啖汤"

东莞人乃至广东人的"大胆"是世人公认的。

人们常用"第一个吃螃蟹的人"这话来形容一个人的大胆,但广东人却嗤之以鼻,禾虫我都敢吃了,还在乎螃蟹吗?"飞潜动植皆可口,蛇虫鼠鳖任烹调",外地人对此觉得惊异,戏称"食在广东":广东人天上飞的除了飞机、地上跑的除了汽车、水里游的除了轮船、地上长腿的除了桌椅,其他一概都吃,甚至"食脑"(粤语,凭脑袋和智力做事)、"食自己"(粤语,意思为自己靠自己)。

广东名家屈大均曾不无幽默地评论说:粤东所在,颇多难得之货,中原士大夫翻越五岭南下,很少有不因贪吃而丧失其原则的。学者易中天在《读城记——广州市》中也说:"草原吃羊,海滨吃蟹,广州人吃崩了自然界。"

甚至还有一个流传甚广的笑话,说人们逮到了一个外星人,北京人说:是不是间谍?上海人说:拿来做科研。广东人则直奔厨房:煲汤大补!

这类民间传闻,虽然未必准确,但每个传说自有它的意义。

广东人真正的大胆,其实并不在于敢吃蛇虫鼠蚁,而体现在他们敢于"为万世开太平"的探索上。历史书上说,林则徐是"开眼看世界的第一个中国人",从某个角度看此话不错,但事实上靠海吃海,在国际大贸易中多年摸爬滚打的广东商人，尤其是"十三行"商人，早就瞪大双眼看世界了。广东的"十三行"商人，在中国古代商人群体中，眼界是最开阔的，襟怀也是最开阔的。

在分析东莞人乃至广东人的性格时，"敢为天下先"无可争议地被列为最鲜明的特征之一。对于先行一步，广东人有一种天生的勇气与执着，他们不仅敢为天下先，也乐为天下先。也许在历史上广东地处蛮荒之地，远离政治中心，天高皇帝远，又是大洋之滨，受名教影响最浅，受西学东渐至深，人们不受所谓"正统""权威"观念的束缚，喜欢冒险，喜欢闯荡，喜欢我行我素，身上透着一股"我是南蛮我怕谁"的气概。

到20世纪80年代初，改革开放时代来临。以东莞、番禺、南海、顺德、深圳、珠海等珠江三角洲地区崛起为标志，一种新的价值信念，由此成形，风靡全国。当初珠三角有两个经济特区，一是深圳，一是珠海，加上省会城市广州，可谓三足鼎立，气势如虹。东莞不是经济特区，却义无反顾地充当起改革开放的"排头兵""桥头堡"。中央和省里没有给予的政策，东莞努力去争取；中央和省里已经给予的政策，东莞用足用透。

正是在敢为天下先的信念推动下，东莞办起了全国第一家"三来一补"工厂，东莞的大部分农民也由此变成了商人，一批批洗脚上田的东莞农民告别田野上的晚霞，迎着国际加工制造业转移的朝阳，迈出自信而坚定的步伐。

这家"三来一补"工厂的投资者叫张子弥，是香港信孚手袋制品公司的老板。1978年8月，他带着几个手袋和一些碎布料，来到了东莞太平镇（今虎门镇），寻找加工企业。他找到了太平服装厂，要求他们按照他提供的样板，加工制作一款手袋。太平服装厂厂长刘艮和供销员唐志平招来厂里手艺最好的技术工人陈雪萍和蔡少英，挑灯夜战，在缝纫机前忙了一个通宵。第二天张子弥刚起床，一个与样板一模一样的女装手袋，便摆在他的面前了。张子弥大喜过望，当即拍板，投资300万港元，让手袋加工厂落户虎门。

就在太平手袋厂建成投产数月后，即1978年11月24日，在千里之遥的安徽凤阳县小岗村，18个衣衫老旧、面色饥黄的农民，借助一盏昏暗的煤油灯，面对一张契约，一个个神情紧张地按下血红的指印，并人人发誓：宁愿坐牢杀头，也要分产到户搞包干。

由此，中国农村改革的"第一枪"打响了。

如果说，小岗村发起的"家庭联产承包责任制"使中国人开始吃饱饭，那么，自东莞兴起的"三来一补"则让中国人开始有钱花。两者都是改变中国、改变中国人命运的重大历史足迹。

太平手袋厂入选改革开放30年"粤港合作十件大事"，这正是向莞商——改革开放先驱者的崇高敬礼。

事后回想，张子弥也是够大胆的，当时内地还十分封闭，动不动就要割"资本主义尾巴"，香港商人来投资，不是"资本主义尾巴"的问题，简直就是复辟，把"万恶的资本主义"请入家门了。他带来的资金、机器，会不会被政府没收？这谁也不敢打包票。当时，张子弥和当地政府谁也不声张，都半明半暗的，说得不好听就是偷偷摸摸。

这倒是应了莞商的特点：少说多做，做了再说；只做不说，说了必做。

不过，张子弥在香港也快破产了，反正一刀是死，两刀也是死，进军内地说不定还能闯出一条生路。

当时的东莞党政官员也很大胆，县委书记李近维、县长莫淦钦、县二轻局局长钟润，这几位当年为招商引进张子弥拍板决策的官员，都是东莞本地人，没有官方的大力支持，就算张子弥胆子大过水缸，工厂也是办不起来的。

说到东莞党政部门对"三来一补"的支持，曾任东莞市广播电视台台长、东莞市委宣传部副部长，世界莞商联合会首任秘书长，人称"矾叔""莞商百事通"的谭满矾，给笔者讲述了两个小故事。一个是"鸳鸯崖"的故事：改革开放初期，东莞有篇小说叫《鸳鸯崖》，说港商来投资办厂，公社干部为讨好他，要求本地一个女青年嫁给他。但女青年已有意中人，也不愿嫁给年纪较大的港商，经过一番感情纠葛和政治压力，这个女青年与男友相拥跳崖殉情了。

已改任县委书记的莫淦钦在全县干部大会上批评这篇文章说：文学应该来自生活，忠于生活，高于生活，但不应脱离生活。小说虚构不存在的故事，不但罔顾现实，还从感情上把外来人和本地人、投资方和投劳方对立起来，是非常盲目和有害的，不利于干"三来一补"、不利于发家致富。敢于公开发表这样的言论，可是冒着丢乌纱帽的政治风险的。

要知道，当时港商还被社会普遍当作"资本家"。"让资本家来赚我们的钱，这是肥水流入外人田！"有些老工人会在背地里嘀咕，"共产党打江山打了几十年才解放了全中国，现在又让资本家来剥削工人！"对上下班的工人，人们也指指点点，议论说："瞧，这些人就是替资本家打工的！"

第二个故事是讲东莞大量引进"三来一补"后，北京汹涌着一片反对声。当时正在东莞挂职锻炼、后任广州市政协主席的陈开枝直接喝退了来"找碴"写内参的新华社记者："你是不受东莞欢迎的人，请你离开！"当官的，最怕的事就是丢乌纱帽，这些宁可冒丢乌纱帽的风险，也要一心为民的人，值得人民铭记，值得历史铭记。

这两个故事同样说明，不一样的东莞，就有不一样的东莞人——器量宏大，敢为人先，开放包容。东莞人具有敢冒风险、干实事、敢担当的基因和传统。

14. "顶硬上"

1984年4月6日，国务院一高层领导视察东莞，在充分肯定"三来一补"、家家户户办工厂后，接着说了一句："你们东莞满天星斗，就是缺乏一轮明月呀。"这句话，让东莞政府和莞商都憋着一股劲：一定要搞大项目，促大发展！

机会来了！

当年6月，原国家计委与电子工业部公开进行20亿元彩管招标会，并让上海、北京、天津、河南与广东同场竞标。数家东莞企业在官方的率领下代表广东参战，对手京、沪、津都是老牌大城市，资金雄厚，人才济济，光甩出个名字来，就足以压倒名不见经传的东莞了。

小小东莞，一无资金，二无人才，凭什么和京、沪、津争？这轮"明月"就在天上，东莞要摘下来，几乎是不可能完成的任务。

但莞商就是敢"顶硬上"。没有资金，就去香港跟"亲戚"筹资；没有人才，敢花重金从全国首家生产彩色显像管的工厂把厂长和团队一起挖来带领投标。政府此时成了强有力的推手，派人到北京为他们做联络工作。莞商有了充分的准备，沉着出战，最终击败京、沪、津，一举中标，赢得了这个特大项目，成为业界轰动性事件。

"顶硬上"是莞商精神的重要内核之一，这三个字是广东人非常熟悉的。明代大将军袁崇焕常挂在嘴边，成为他勇于任事的口头禅。袁崇

焕是东莞石碣人，明代末年，后金胡马长驱，大明江山危在旦夕，袁崇焕临危受命，在辽东战场与敌周旋，每逢冲锋陷阵，都高喊着"顶硬上"激

袁崇焕纪念馆

励将士，屡建奇功，但最后却遭奸臣所诬，被皇帝处以凌迟之刑，令后人有"罗浮山崩天坠星，乾坤一夜收英灵"的慨叹。

著名作家金庸曾称袁崇焕与孙中山是广东地区对中国历史有重大影响的两位历史人物。他在《袁崇焕评传》中说："袁崇焕真像是一个古希腊的悲剧英雄，他有巨大的勇气，和敌人作战的勇气，道德上的勇气。他冲天的干劲，执拗的蛮劲，刚烈的狠劲，在当时猥琐萎靡的明末朝廷中，加倍地显得突出。"如果用"冲天的干劲，执拗的蛮劲，刚烈的狠劲"这三股劲来形容莞商的创业精神，也有得其三昧的感觉。

在东莞的袁崇焕纪念园中，有一尊袁大将军跃马横剑的雕像，底座原嵌有一块铭牌，刻着他的这句名言："掉哪妈！顶硬上！""掉哪妈"其实只是袁大将军凭着1万人马，两年对垒顶住10万敌军时发出的一句怒吼，是东莞方言的一句粗口，类似蒋介石的"娘希匹"，充其量不过是历史人物的一句口头禅而已。后来，也许嫌"掉哪妈"不雅，有关方面把这块铭牌拆掉了。

但"顶硬上"这句话，几百年来不仅已深入东莞人的脑海，融入血液，植入骨髓，而且也成为东莞人乃至广东人性格的一个重要特征，化作岭南文化的典型精神气质之一。

广东籍人民音乐家冼星海的母亲黄苏英曾写过一首题为《顶硬上》

的粤语歌词,由冼星海谱曲。歌曲唱道:"顶硬上,鬼叫你穷,铁打心肝铜打肺,立实心肠去挨世,挨得好,发达早,老来叹番好。"这是一首工人的劳动号子。后来在创作《黄河船夫曲》时,冼星海又把《顶硬上》的旋律融入船夫号子声中:"嗨哟嗬,鬼叫你穷呀!嗨哟嗬,顶硬上呀……"

早在20世纪50年代,为彻底解决洪涝问题,提高农作物产量,东莞人在条件极端有限加上省里又不大支持的巨大压力下,上下齐心"顶硬上",因地制宜,土法上马,硬是用短短140天创造了开凿运河的奇迹。

到了改革开放的年代,莞商在一无经验、二无资金、三无技术的情况下,仅凭着对中央政策的信任,对未来的憧憬,就敢洗脚上田,就敢开工厂,就率先大踏步行进在先富的康庄大道上,这不是一次惊天动地的"顶硬上"吗!莞商之所以有"顶硬上"的勇气和担当,不也是被改革开放前的穷日子逼出来的吗?不也是为了"发达早,老来叹番好",为了子孙后代能过上好日子吗?

要说"顶硬上",曾经名震南北的中国(虎门)国际服装交易会,又是一个"顶硬上"的成功例子。

东莞运河

莞商做生意，以前不太懂得包装宣传，就像人们常说的，"会生孩子，不会起名字"，以为在生意场上，酒香不怕巷子深，只要有口碑，不愁没生意。但今天已经不是卖莞盐、莞席的年代了，船在江上可以慢慢摇；现在的生活，如同风驰电掣的火车，再好的风景，也是一闪而过。如果不能以最大、最快、最广泛的信息传递媒介，把产品信息传递给消费者，引起消费者的注意与兴趣，再会"生孩子"也是白搭。

在这方面，北方人似乎更擅长玩概念、玩噱头，他们懂宣传、会包装。大连从1988年开始举办国际服装节，那时国内时装界对国际时装潮流的了解，大部分是通过香港和珠三角获得的，许多内地服装厂都到虎门采购最新款式的时装，回去照板生产。但大连偏偏避开"世界潮流"这一当时在北方还颇生疏的领域，以"重振汉唐服装辉煌"为号召，从观念上看，凸显南北文化的差异，显示大连的深厚文化。这个由北方人操办的服装节，非常成功，把一个服装交易会，办成了融经贸、文化、旅游为一体的欢乐嘉年华。

虎门鸦片战争博物馆

而虎门，其时还停留在服装批散集地上当洋货二传手。

1996年，虎门莞商到大连参观，亲眼见识了服装节的盛况，他们这下如梦初醒，茅塞顿开了。如今这年头做生意，是要有"名片"的，虎门的名片是什么？它的历史名片，无疑是"虎门销烟"了，那么，它的经济名片呢？是水果？水稻？水产？都不是，是服装。唯有服装，能把虎门带上色彩缤纷的世界舞台。对这一点，莞商已经明白了，现在的问题是，如何打造这张名片。

于是，莞商那种"顶硬上"的"小宇宙"爆发了，他们决定以一镇之力，举办中国（虎门）国际服装交易会。

许多人都觉得不可思议，区区东莞，不过是1988年才升格为地级市，而虎门亦不过是全市28个镇中的一个，20年前连香港的地摊货都是稀罕物，却要走"国际化"路线，什么是"国际化"他们知道吗？但虎门莞商说：王侯将相，宁有种乎？谁天生下来就会"国际化"的？不知道不要紧，边干边学，今天不知道，明天不就知道了！只要有开放的环境，有改革的勇气，敢干，不愁学不会。

1996年11月，中国第一个由镇级举办的国际性服装交易盛会——中国（虎门）国际服装交易会，正式拉开帷幕了。这是一个典型的"顶硬上"项目，当初组织者想搞一场T台时装表演，竟连区区3万元经费都拿不出来。

怎么办？大家不得不分头出动，发动各种关系去拉赞助，但一开口，每家企业都顾左右而言他，没有一家肯出。最后磨破嘴皮说尽了好话，好不容易才打动一家企业，勉强筹到。这位企业老板后来说，他是"一咬牙"才答应下来的。

办T台时装表演的钱筹到了，可发现虎门还没什么模特。又怎么办？他们灵机一动，到各个宾馆去聘请一些漂亮的服务员。可这些服务员根本不会走猫步，组委会只好临时抱佛脚连夜加班培训，结果居然也走得有模有样。

硬着头皮办交易会，原意只是想试试水，积累一点经验，没想到这看上去很"山寨"的展会竟一炮而红！短短六天展期，吸引了来自美国、法国、意大利、日本等国家和港台地区以及北京、上海、广州、大连、杭州等地的282家参展商参加，进场参观人数多达40万人次，成交额高达12.6亿元。这样的成绩单，让所有人喜出望外，包括最初持怀疑态度的人，都不再说风凉话了，还好像自己有先见之明一样，竖起大拇指说："嘿，牛意爆棚（火爆）！我一早料到啦！"

从此，每年立冬至小雪之间，南方橙黄橘绿时，中国（虎门）国际服装交易会都会如期开锣。1997年，虎门港经国务院批准成为向外国籍船舶开放的国家一类口岸。这对虎门经济，也是一个重大的利好消息。1999年，另一座规模宏大的服装城——黄河服装城在虎门落成，中国（虎门）国际服装交易会的主会场移师此地，火爆程度有增无减，聚光灯下，T型台上，演绎着各种美丽的创意与设计，或华丽隆重，或轻盈简洁，展现了太多的未知畅想，扣人心弦，令人沉醉。

如今的中国（虎门）国际服装交易会，已成为东莞一年一度的文化盛会，汇集了高峰论坛、设计大赛、少数民族服饰风情表演、文化艺术节、T台时装表演、国际流行面料交易会、虎门原创小戏小品大赛、书画展、文艺晚会等，仿佛一幅幅热情奔放的图画，把狮子洋也渲染得光彩夺目。2005年世界顶尖超级模特大赛世界总决赛和第三十三届国际比基尼小姐大赛国际总决赛，也借着服装交易会的舞台，在虎门举行。

嘿！从摆摊走鬼到国际交易操盘，莞商就这样勇猛闯过，华丽转身。

莞商的敢闯，还体现在不畏竞争、勇于竞争的胆略上。20世纪80年代以前，东莞的工业基础非常薄弱，这群"番薯屎都未屙净"（粤语，意思是指身上的乡土味还没有去掉）的农家子弟，就敢把自己的产品拿到上海，在最高级的第一百货公司开展销会，而且还大获成功。

这事在当时简直是天方夜谭。上海是什么地方？那是近代中国第一大商业城市，号称"十里洋场"，是多少商人眼里的"黄金帝国"，素有"冒险家乐园"之称。莞商虽然不是什么冒险家，但他们就这样不知天高地厚地带着一身泥土味劲头十足地闯进来了，管他什么十里洋场，浪奔浪流，我既然来了，就得踏石留印、抓铁有痕，笑傲外滩。

不过，追溯一下历史，广东人还可以小啜瑟一下：广东商人，曾是上海的开拓者。早在20世纪初，上海是广东人投资和移民的中心，当时南京路上最高档的四家华资百货公司，永安、先施、新新、大新，全部是广东商人创办并拥有的。商业精英代表人物有郭乐家族、马应彪、蔡昌、方举赞、郑伯昭等。当年的上海话就是广东话，上海被称为"小广东"。

作为广东经济崛起的象征，曾令广东人无比骄傲的"广货北伐"中，莞商是最有竞争力的先头部队之一，充分发挥了"过河卒子当车使"的作用。

如果没有当初的"顶硬上"，怎么会有后来的辉煌？今天，这种自强不息、顽强不屈的"顶硬上"精神，已经传到新一代的莞商身上了。2014年春天，由三位土生土长的东莞仔创作的《莞城仔》歌曲，在网络上爆红，一片叫好声。这三位九〇后宣称，他们就是要为自己发声，要为东莞发声、为莞商发声，表达年轻人对这座城市的看法。他们面对摄像机，恣意飞扬地宣布：莞城仔的精神就是"不妥协，不跟随，有自己的态度"。歌词唱道：

做个莞城仔，唔使将头埋低，
遇到问题顶硬上，跌倒爬翻起来。
……

充满街市味的歌词与节奏，让很多原来习惯于低头走路的莞城仔，蓦然间都抬起了头，一张张青春无敌的脸庞，霎时焕发出光彩。"遇到问题顶硬上，跌倒爬翻起来"，岂止是新一代莞城仔的精神？自古以来，历代莞商都是凭着这种精神，在商场上驰骋不息，熬过了战乱时代，扛过了百年的政治变幻。莞商也正是把这种精神凝聚成一股巨大的能量，借助改革开放的东风，点燃了荆棘，从而开辟出一条生存之路、发展之路。

在这把用荆棘作为柴火的熊熊烈火中，莞商涅槃了，东莞涅槃了！

15."冇问题"

莞商有一句口头禅，就是"冇问题"（粤语，没有问题）。你和他们说什么困难，他们都会神色不变，淡定回答："冇问题。"尽管有时问题比山还大。当初，中国第一家"三来一补"工厂太平手袋厂就是这样办起来的。港商张子弥拿个款式时髦的黑色人造革手袋样板来，问能不能用一个晚上，造出完全一样的手袋。东莞人一口答应："冇问题。"到天亮时，他们果然把手袋造出来了。

张子弥大喜过望，说要在这里开一家手袋加工厂，那些一无资金、二不懂管理、三没有销售渠道的东莞人，又是干脆答应："冇问题。"

谁能感受到从来没做过手袋的东莞人说这三个字时，背后的巨大压力呢？

几经周折，2016年7月的一个周末，笔者终于在虎门镇采访到了太平手袋厂当年的见证人唐志平。唐志平今年已65岁，江西人，太平手袋厂刚建立时，他只是厂里的一名供销员。1985年全国推行厂长责任制时，经民主选举，他担任厂里的第三任厂长。1990年，因计划生育超生，唐志平不得不辞职，在虎门开办了一家玩具厂。

谈及太平手袋厂的往事，唐志平神情严肃，但话语中又体现出他兴奋的情绪。他说，张子弥之所以出这道考题，是要考验工厂接到订单后能否及时出货。因为当时是吃"大锅饭"的年代，工人们没有太多效益和时间观念，工作散漫。唐志平说："我们那么快就做了出来，而且做得很好，他就放心了，第二天就跟我们谈判办厂的事了。"

"建太平手袋厂时，张老板当时一共投资了300万港元，那是一个天文数字！"唐志平说起来除了惊叹还是惊叹，对之前月薪普遍只有20多元的工人们来说，这个数字实在是倾尽所有语言也没法描述。当时不知道猴年马月才能还清的设备款，实际上却在三年后，也就是1981年，太平手袋厂就全部偿还了，"整个工厂都是我们的了"。

想起那段红火的岁月，唐志平很是感慨："1992年邓小平南方视察后，国家才算是完全开放，但是我们已先走一步十多年了。"

在瞬息万变的商海，每天、每时都会遇到各种问题。2008年一场金融海啸，对东莞造成的深远影响，不是出口数字的减少，而是对产业结构敲响了警钟。但莞商却并不惊慌，依旧从容回答："冇问题。"他们深知，个别产业或有兴有衰，但经济的发展，是永无止境的。危机永远存在，极限永远不存在。无论市场怎么变，你有张良计，我有过墙梯，办法总比困难多。

2007年，东莞鞋商算是体会到这句话的意义了。这一年既是黄金年，也是危机初现的一年。2007年10月24日，在东莞经营了18年的常登鞋厂，突然关门大吉，以4000万元遣散了全部员工。工厂老板在宣布散伙的会上对工人们说："趁我现在还有能力给大家补偿的时候，我给大家一个交代，就把厂关了，虽然我也可以学人家一跑了之。"

这件事在行业内引起了很大的震动。在常登鞋厂关闭后的10个月，周边依赖这个鞋厂的小区域经济，几乎全军覆没。有人怪这是欧盟对中国皮鞋征收高额反倾销税的恶果；也有人说，这是人民币升值造成的；还有人猜测，这是常登鞋厂赶在《劳动合同法》实施前匆忙结业，以避免遭受更大的损失。

2007年6月29日通过实施的《劳动合同法》，预示着一直以来以廉价劳动力作为创造"中国经济增长奇迹"重要源泉的时代，行将结束。随着农业传统经济和以城市为中心的现代工业经济这二元经济此消彼长的变化，人口红利逐渐见底，经济学家所说的"路易斯第一拐点"，终于浮现了。

企业不得不面对骤然增加3%~5%的用工成本，企业原有的人力管理制度和管理方式都受到巨大冲击。一些实力薄弱的中小型家具企业，纷纷倒闭。

面对这一波打击，莞商仍然回答："冇问题。"他们不仅没有退缩，反而开始着手筹建亚洲世界鞋业总部基地。这个投资16亿元的大项目，被列为广东省转型升级试点龙头项目。

这时，第二波打击接踵而来。2008年的金融海啸，来势更加凶猛。东莞鞋在海外三大市场的订单，骤然出现不同程度的下滑。

真正的寒冬，在2009年来临了，一批熬不住的中小企业，像多米诺骨牌一样纷纷倒下。据2008年至2009年上半年东莞官方公布数字，东莞共倒闭企业1207家，失去63万个就业岗位。估计有上百万名工人离开东莞，或卷铺盖回乡，或到别处另谋生计。在许多工厂门口，经常聚集着讨薪的工人，这种情景，比比皆是。工人心慌，老板也心慌。2008年第一季度，劳动仲裁同比增长了4.5倍。

尽管2008年的形势是如此险恶，莞商仍然保持冷静，坚信只要大家抱团取暖，熬过了大寒，立春就会来到。2009年4月，广东一份报纸刊登文章《制鞋业：阳光总在风雨后》，乐观地评价东莞鞋业：在全世界，大概再也无法找到如东莞一样完整的鞋业产业链了，东莞的生产成本，还是最低的。

莞商说"冇问题"，并不表示真的没有问题，而是把这当作激励自己，坚守阵地，等待转机的心理支柱。

在这场震撼世界的暴风雨中，莞人表现出惊人的韧性与应变能力。即使面对如此严重的问题，莞商还是大声说："冇问题！"身兼中国家居品牌联盟监事会主席、亚太家具协会名誉会长等多个社会职务的运时通家具集团董事长陈燕木，并不赞成"迁厂"的应对办法，相反，他认为在此关键时刻，更应沉得住气，把握方向，方可轻舟强渡。他说："不是说哪里便宜你往哪里走，现在迁厂至越南，那10年后越南发展起来后，岂不是又得搬家？这一搬那一搬，搬到没有地方就跳海了，这怎么行？"他的一个观点，似乎颇有说服力：中国不仅是"世界工厂"，更是"世界市场"。

东方不亮西方亮，国外市场萎缩，就转攻国内市场。2010年，东莞林木格家具有限公司生产的汉尊牌真皮沙发，成功中标上海世博会中国馆的家具项目！这是一个信号，为陷于低迷的大山家具行业，注入强心剂。大家的目光不约而同地转向了国内。

进入2010年以后，许多新落成的楼盘，都兴起"全装房""全精装"模式，即开盘出售时，已经做好全套装修，广州的新盘"全精装"比例，高达六成，这就让家具制造商们可以绕过卖场，直接通过开发商，进入千家万户。

为了开拓市场，家具厂商们各出奇谋。潮流兴网购，家具也上网卖。东莞兴业家居在2013年举行了首届万人家居团购会，官方微博上发起宣传活动，反应热烈。许多家具企业也通过微博宣传自己的品牌，慕思寝具、华辉家具、万恒通、城市之窗、光辉家具等三四十家东莞家具企业，都在微博、微信等自媒体上，进行品牌营销，开辟家具行业的微营销渠道。在淘宝网上，大岭山、望牛墩不少提供家具安装、家具维修、家具配送和家具仓储服务的企业，纷纷开设网店。

沉闷已久的经济形势，需要有强力的刺激，震荡一下，提振一下。这时，一个鼓舞人心的消息适时传来：2014年1月，位于道滘的诺华生活控股有限公司在纳斯达克挂牌交易，成为东莞首家登陆纳斯达克的企业，也是全国家具业首家在纳斯达克上市的公司。尽管诺华公司在全国家具行业中算不上领军企业，当时也正被质量问题缠身，但它在纳斯达克上市，对整个行业的突围，起了正面的激励作用。

紧接着，在第三十二届国际名家具（东莞）展览会上，主办方不遗余力地进行广泛宣传，号称在意大利、德国中东、新加坡、日本、韩国、美国、英国、法国、俄罗斯等国家和地区的23种著名家具专业杂志上，每个月投放广告；在国外重要的家具展会会刊刊登广告；国内20多家主流媒体、40多家专业媒体及数十家网络媒体跟踪宣传报道；世界一流家具展会上现场推广；通过国外驻中国机构向外传送展会信息，大手笔打造中国名家具品牌。

从这一系列的动作中，不难揣摩莞商战略布局的意味，一环紧扣一环，有点有面，步步为营。莞商所说的"冇问题"，绝不是盲目乐观，不是等着上天掉馅饼，也不是毫无章法地打乱仗。广东人常说"淡淡定定有钱剩"，指的正是这种在惊涛骇浪之中，沉着应变的定力和破茧能力。

在经济转型的过程中，莞商发挥了最大的聪明才智，遇山开路，遇水架桥，前面没有路，就自己开一条路。不是"冇问题"，而是有什么问题就解决什么问题，随机应变，见招拆招。

16. 闷声发财

在东莞采访时，笔者去过不少镇村。每到一处，高楼林立、绿带秀景、马路宽阔、商铺林立、车水马龙、人流如梭，让人恍然如梦：这是乡镇？这是农村？这分明是个大城市啊！

事实上，东莞不光让外来人感觉不到城乡的差别，住在村里的人们也并不太向往住在东莞市中心的人，镇里和村里的房价甚至比市中心的还高。

莞商藏富于民，绝大多数人就在这样的乡镇里低调地生活、务实地发财。各镇各村里，住着数不清的亿万富翁。如果你也住在东莞，也许你哪天就会猛地发现，原来小区里天天见面、也不认识其姓甚名谁的某个邻居，竟然是纵横商界的亿万富豪。

真是卧虎藏龙！

广东人"讷于言而敏于行"，早已是名声在外，人人皆知。而莞商，又可以归入广东人中最务实的那一群之中。《莞商宣言》宣称："我们要弘扬务实创业的莞商传统。少说多干、低调务实是广大莞商的成功基因。面对复杂多变的形势挑战，我们要沉淀历代莞商吃苦耐劳、低调谦虚的精神气质……"

什么是"务实创业"？就是注重现实，崇尚实干，拒绝空想，厌恶空谈。这种务实精神，形成于传统的农耕社会，代代相传，成为民族精神的内核之一。孔夫子厌谈"怪、力、乱、神",更注重凡间俗世的事务,便是务实精神的体现。

广东有一句俗话:"逆水行船好过湾(泊)。"意思是只要有一寸空间,都要努力往前行,行走总比停着不动要好。这也是莞商所信奉的人生哲学,"做就系工,唔做就系空"。不做,永远是空的。与其整天埋怨上天不给机会自己,埋怨运气不好,埋怨别人,埋怨环境,总是想着"机会来了,赚他个几百万,有什么难的",不如脚踏实地,从一点一滴做起,从一分一毫赚起。

重实际,轻理论;重行动,轻议论。莞商信奉"千虚不如一实"的哲学,最看不起"讲就天下无敌,做就有心无力"的人。

东莞的石龙镇,是国家星火技术密集区、国家信息化试点镇、国家电子信息产业基地,也是东莞的门户。如果说,它今天的辉煌,是从40多年前加工小小的锁匙扣起家的,有多少人会相信?但他们当年确实是在几间知青农场的旧瓦房里,办起了第一家"三来一补"的锁匙扣加工

石龙镇金沙湾

厂，迈出了从农业社会走向工业社会的第一步。

莞商创造了许多新观念、新思维，走出了许多新路子，改变了世界对中国的观瞻，但由于性格一向低调、务实，虽敏于行，却讷于言，习惯用"事实胜于雄辩"来避开争论，不善表达、不善理论、不善总结。因此，尽管他们为学者的创意立言提供了极为丰富的素材和有力的论据，自己却常被人视为暴发户和土包子，被讥讽为除了钱什么都缺的土豪。

所以也有人说，莞商的优点是低调、实在；缺点是过于低调、过于实在。

令人奇怪的是，很少听到莞商为自己辩护，不过高谈阔论、语锋争辩，也从来都不是莞商的专长。媒体记者去采访莞商，他们往往会说："谈企业可以，谈我们就不必了。"记者再催紧时，又摆手答："得闲请你饮茶倾偈（聊天）好了，采访就不用了。"面对人们说他们是暴发户、没文化，他们总是笑而不语，被追问多了，往往会自嘲说："我们就是'乡下佬'，是没文化。嘴长在别人身上，爱说什么就让他说吧。有鸡啼天光（亮），冇鸡啼天亦光（亮）。"

这样的回答，有人说是典型的"扮猪食老虎"。

然而，"乡下佬"有大思维。谁说莞商没文化？谁说莞商不懂政治？"东莞模式"所引发的讨论，不就是一个深刻的政治论题吗？人们常常慨叹广东是中国的南风窗，吹的却是"穿堂风"。近代史上，广东承风气之先，许多新思想是从广东兴起的，许多革命是从广东开始的，但最后都是穿堂而过。广东人生的孩子，却要北方学者给他起名字，似乎很可悲。

其实不然。

风是从广东刮起来的，广东人把这股改革之风吹向了全国。无论做播种的人，还是做收成的人，都不要紧，各施所长而已，最要紧的是粮食收回来了，大家有饭吃——这就是广东人的性格。

不要以为生孩子不是文化，起名字才是文化。因为理论也许是灰色的，实践才是常青树。

务实与低调几乎可以说是孪生兄弟。务实的莞商不懂得争"话语权"，这一性格特点，与生俱来。全国第一家"三来一补"工厂的名次属谁，顺德、南海都来争，莞商却拿不出当年那个"粤字001号"的企业牌照为证。

这也许就是他们低调惯了的结果。

当人们在回顾改革开放的历史时，谁是中国第一家"三来一补"企业的问题，众说纷纭，有人声称第一家"三来一补"企业是在顺德落户；也有人宣称是在南海。公说公有理，婆说婆有理了几十年，没有一个了结。

2011年，投资太平手袋厂的张子弥重返阔别了近20年的东莞故地。可惜，太平手袋厂的厂房已经拆除，他只能够参观复原模型。当年张子弥第一次踏足虎门时，还是个春秋鼎盛的中年人，如今已垂垂老矣，乌黑的头发全部变成缕缕银丝，令人有"春去春来，白了人头"之叹。《东莞日报》记者问这位头发花白的老人，当年到底谁是真正的"第一"？张子弥回答得很妙：这个争论没有实际意义，第一怎样？第二又如何？重要在于要有实际意义。

这就是典型的莞商心态与口吻。

莞商做事"不争议"，有些看起来很重要的问题，很多地方的人往往会争个面红耳赤，非要一较长短，但莞商认为"食多会滞，讲多无谓"，很多问题都是"无所谓的"，或者借用一个哲学的说法，都是"假问题"。因为这些问题不要说争不出什么名堂，即便争得出，也没什么实际效益。

既然没有实际效益，争论它干什么？

莞商的低调是骨子里的，是与生俱来的，甚至可以说是祖宗传下来的。"中国引进番薯第一人"是东莞人陈益，但由于过于低调而鲜为人知。东莞地方志中里有一段描写清代樟木头官仓首富蔡殷宝的记录，记载的正是他低调的性格。蔡殷宝与茶山刘屋刘孔武、石步封绍仪、河凹陈三明合称"莞邑四大银王"，其中又以蔡殷宝为"王"中之首。

如今，蔡殷宝的祖宅官仓三家巷，仍是清一色的水磨青砖、重重叠瓦的清代建筑群。走在宅弄深处，曲径通幽，不知庭院深深深几许，就像人们难以说清蔡殷宝到底有多富有。

据说，蔡殷宝43岁时财富已经达到了20万两白银，创建了一个14万平方米的庄园，并购置有田产13800亩。蔡殷宝最怕出名，唯恐招风惹雨，引贼入屋，所以只要离开家门，必装扮成穷人模样，头上一蓬乱发，脚下一双旧鞋，破帽遮颜，粗袍粝食，低调到了装神弄鬼的程度。还有一个啼笑皆非的故事，有一回蔡殷宝遇上强盗拦路，强盗知道他是樟木头官仓人，但看他一副乞穷俭相，以为是个穷光蛋"冇料到"（字面解释为没有真材实料，这里意思为没有钱），一帮贼人竟懒得动手抢劫，只向他打听"蔡殷宝"的家宅底细。

前辈莞商低调做人、务实做事的作风，无疑已成为莞商文化的积淀且被后来者所继承。

2012年世界莞商大会开幕前夕，媒体以蔡殷宝的故事为引子，发表了一篇文章《低调，莞商群体的共同标签》。这篇文章还引用了东莞政府某主管部门的一句评价："在很多企业及企业家不断高涨的吆喝声中，东莞的企业和商人们似乎更习惯于一种沉默的状态。"

要说沉默，也许没有谁比王金城更沉默的了。

王金城是厚街镇涌口村人，1972年初中毕业后随父经商，曾做过街边卖咸鱼的摊贩，改革开放后投身商海，靠从海南贩卖蔬菜批发到深圳淘到了第一桶金。之后，他凭着过人的胆识和敏锐的眼光，在厚街创办了兴业铝合金厂，并以此为起点，资产开始呈现几何级急剧膨胀。1990年成立东莞东成石材有限公司，总投资7.6亿元，是国内规模最大和实力最强的专业石材供应商之一。1992年成立东莞市竣成化工有限公司，总投资1.2亿元。

其后，王氏家族的投资领域，不断扩张，投资遍及北京、上海、武汉、港澳及加拿大等地，涉足航运、码头、医院、家具、木材、酒店、娱乐、房地产等多个行业，他身兼东莞兴业集团、驰生集团、东莞康华投资集团、东莞大中投资集团四大企业的总裁、董事局主席，并曾任东莞市政协常委、厚街商会会长，人称"东莞首富"，又称"大哥城"，被视作厚街乃至东莞民营企业的领军人物。

虽然坊间传闻，王氏家族控制资产已超过千亿，是名副其实的莞商首富，但王金城的低调却是出了名的，他从来不接受媒体采访，公司也不上市，别人无从探查他的身家。胡润曾无奈地表示，东莞的官员、本地商人都告诉他，王金城是本地首富，但他却完全找不到王金城的公开材料，互联网上也找不到其任何相关信息。直到2007年王金城因病英年早逝后，外界对他依然知之甚少。

如今，王金城虽已逝去，但他的名字和各种故事，却在莞邑大地广为流传；他所缔造的横跨海内外的财富帝国，正被他的三个弟弟王玉城、王文城、王国城发扬光大，生意扩张至石材、化工、航运、码头、医院、家具、木材、酒店、娱乐、房地产等多个产业。王家兄弟各管一摊产业，既相互关联，又相对独立，无一不是响当当的莞商代表人物。

2009年，中国本土唯一的富人榜"新财富500富人榜"上，王氏兄弟以51亿元名列东莞富人排行第一，坊间称之为"东莞首富"。这些名头，使王氏家族在东莞声名大振。

2016年春天，笔者在世界莞商联合会采访时谈及王金城，一位负责人痛惜之中肃然起敬：论能论胆论德，"大哥城"不愧莞商的"带头大哥"。

在2012年的世界莞商大会上,活动组委会通过派发问卷、征求意见等形式,提炼出了八个字代表莞商精神——厚德务实,敢为人先。但在网上做的调查统计中发现,大多数网民认为低调务实是莞商最突出的群体特质。

《羊城晚报》评论员肖遥曾说:莞商的"低调",并非一种商业气质。低调不能赚钱,只是低调背后所投射出来的那种精明,才是财富之源。这种精明是什么呢?或许是一种抛却繁缛、洞见商机的犀利眼光,又或许是一种不事声张、直捣黄龙的过人谋略,也可能是一种特立独行、人弃我取的大智慧。而这些特质,老板们在饮茶"吹水"(闲聊)、花间谈笑之时,都会无时无刻地表露出来,只差听得出其中精髓之人。

早几年,几乎没人知道"潮流前线"是东莞的,甚至现在很多人还不知道。它的公司名字叫"搜于特",曾一度被当地政府怀疑为"皮包公司",然而其实力很快就让世人震惊,并成功上市。搜于特的老板马鸿夫妇,多次登上媒体头条,还曾在2012年福布斯中国富豪榜中排名东莞第一。韩国巨星宋慧乔、香港明星谢霆锋都曾是搜于特的代言人。

莞商富华电子董事长黄子田认为,在"东莞制造"的大品牌之下,东莞的企业个体并没有形成强势的企业品牌,或许是由于太过务实的性格,造就了莞商"落袋为安"的一大特性:眼前看到的实实在在的东西才是真正的财富,至于实物之外的企业形象和产品品牌塑造则似乎不太重视,也不太容易"走出去"。黄子田在东莞创办的公司,就是典型的外向型企业,全球60亿人之中,竟然有3亿人在用他生产的UE电源。也就是说,每20个人之中就有1个是他的客户。

而在东莞理工学院经济学教授莫安达看来,莞商就算在本地发展也显得有些保守。例如,早些年东莞市委、市政府鼓励企业上市,大会小会喊得像高音喇叭似的,红头文件也发了不少,但很多符合条件的莞商反应平淡。因为上市就意味着财务公开，大多莞商信奉"富不露财"，不愿意公开家底，觉得低调更有利于企业和商业运作；不愿意玩资本套利，更愿意踏踏实实做制造。

2015年4月16日，福华集团旗下的福华股份挂牌新三板，总经理在庆祝会上公开坦言："早些年，包括我自己的企业，从未想过到资本市场上融资，没想过利用资本市场将企业做大做强，认为资本市场看不见、摸不着。相对于北上深广一线城市，莞商在这方面的观念及实践都落后许多。"

其实，低调就如一柄双刃剑，这样由低调走向保守的做法，也容易失去把企业做大做强的良机，必须让莞商正视这一现实。外面的世界日新月异，莞商却习惯于用沉默的方式去看待这个世界，这使得在过去40年里，东莞企业的经营理念与世界的发展形势之间并非完全匹配与融合。今天东莞经济转型的阵痛，以及"为什么东莞伟大的经济奇迹没有催生伟大的公司"这一振聋发聩的发问，值得低调的莞商深思。

在胡润中国富豪榜上，东莞与东北、北京、福建、武汉并称"中国五大富人聚集地"，仅2015年，东莞上榜人数就多达13位。但是，东莞富豪却令胡润这个来自英国的"中国通"大感头痛，他对媒体感叹说：我搞得懂中国，却搞不懂东莞。在对广东富翁的调研中，东莞难度最大，主要是因为东莞富翁太低调。

其实，那些被列上胡润富豪榜、福布斯富豪榜的东莞富商，几乎没有一个是乐意的，更不用说主动配合了。胡润深感无奈：东莞水太深，我很难挖出更多的"大鱼"。

据说，莞商某位富豪在胡润百富榜揭榜后发现自己榜上有名，不是欣喜自得，而是大为光火，当即让律师去函抗议，言辞激烈要求撤榜。这与其他一些地方的富豪拉关系甚至不惜做假账，强烈要求上榜以彰显荣耀的做法，竟有天壤之别！

说起莞商的低调，坊间还流传着很多有趣的例子，比方说，在东莞，很多穿着短裤，趿着拖鞋，开着辆十来万元小车的人，其貌不扬，却是身家亿万的富豪。或者说，当你在街边吃牛杂时，在旁边和你一起吃得津津有味的，说不定是坐拥五六家酒店的大老板。还有一个茶余饭后常被人说起的故事，东城有个老板，人们传他起码有60亿元的资产，当有记者问起时，他谦逊地回答："太夸张了，哪有60亿元！顶多40亿元。"

这类故事不仅民间津津乐道，也被众多媒体引用，从中透出的信息量很大，耐人寻味。

东莞有大量"隐形富豪"深海潜水，这几乎成了外界对莞商共同的印象。"不来东莞不知道，一来真是吓一跳，闷声发大财的人太多了！"现广东省政协副主席、原东莞市市长袁宝成2011年新到东莞上任后不久，曾如此感慨。

莞商富豪，除了闷声发财的，还有被民间封为各种"大王"（专指对在某个领域取得巨大成就的王牌人物的尊称）的。且看——

"爆竹大王"陈兰芳，垄断香港爆竹行业，爆竹远销北美、澳大利亚、印度、南非及东南亚一带；

"殡仪大王"萧明，香港殡仪馆创办人；

"炒股大王"香植球，香港股神；

"发明大王""传呼大王"黄金富，智富能源主席，人称"香港爱迪生"，世界杰出华人；

"钟表大王"张瑜平，香港新宇亨得利集团董事长，亚洲最大的钟表经销商；

"出版大王"李祖泽，香港著名出版家，世界中文报业协会主席；

"酱油大王"王赐豪，香港同珍集团掌门人，香港东莞同乡总会主席；

"香港纺织大王"陈瑞球，长江制衣集团、YGM贸易有限公司主席；

"制衣大王"陈永棋，长江制衣集团行政总裁，生于纺织世家，有"创造神话奇才"之称；

"造船大王"王华生，中华造船厂有限公司创办人；

"名表大王"周国勋，先施集团副主席，其父为周启贤太平绅士；

"钟表大王"周湛煌，宜进利（集团）有限公司主席兼执行董事，亚洲最大的手表零售商；

"钟表大王"孙秉枢，亚洲钟表业领袖，香港新达集团主席；

"珍珠大王"温惠仁，法国华侨，法属大溪地华人首富；

"日用品大王"钟伟廷，牙买加华侨；

"丁屋大王"王少强，振华（香港）集团主席；

"舞厅大王"邓崇光，香港"夜总会之父"；

"假发大王"张细，"三来一补"创办人，全世界最大的假发生产企业掌门人；

"融资大王"朱李月华，金利丰金融、中国林大第一股东行政总裁，投资界顶级大姐大；

"凉茶之王"陈鸿道博士，现为加多宝集团及香港鸿道（集团）有限公司董事长；

"化工大王"叶志成博士，香港叶氏化工集团有限公司董事局主席，香港青年工业企业家；

珠宝业界"摆件大王"刘旺枝，明丰集团控股有限公司董事长；

"中国糖王"李锦生，东糖集团有限公司总裁、党委书记，享受国务院特殊津贴专家；

"通信大王"梁沛棠，广东大地通信连锁服务有限公司董事长；

华南"菜王"陈锦球，东莞市润丰果菜有限公司董事长，广东省"劳动模范"；

"寝具大王"王炳坤，慕思寝具有限公司董事长；

"藏茶大王"蔡金华，东莞长实集团董事长；

"全国荔枝大王"叶钦海，叶海荔枝科技园董事长；

"粥城大王"黎平，花园粥城董事长；

……

除了"大王"，还有"之父""首富""史上最牛"，甚至"神"：王志东，"中国互联网之父"；张志东，"腾讯之父"；张华荣，"中国女鞋教父"；怀汉新，"中国保健品行业教父"；王锦辉，"史上最牛助学老人"；袁德宗，"东莞股神"，在资本市场长袖善舞；叶焕荣，英国华人首富；谢富年，马来西亚华人首富；王时新，香港前首富；张茵，中国第一位女首富，2007年福布斯全球亿万富豪排行榜390位，身家770亿元；"佛爷"张佛恩，2008年以40亿元身家，位列当年福布斯中国富豪榜与胡润中国富豪榜东莞籍富豪排行双料第一，连续十多年上富豪榜……

不过，"王"也好，"神"也罢，他们无一不行事低调。对民间封给的"首富"桂冠，张佛恩从未承认且极其反感，他曾多次在不同场合说："在隐形富豪扎堆的东莞，我根本算不了什么，更别谈第一了。"

"中国女首富"张茵住在厂内员工宿舍，个人用车是普通的丰田轿车。

新世纪掌门人梁志斌，更是被视为低调莞商中的低调分子。每次有记者试图与他交换名片时，他都说："我没有，给你写在本子上吧。"

更有意思的是地产大亨方润华，他接待客人不是到高档酒楼、饭店吃饭，而是经常请到他在香港中环协成行中心的办公室，指着窗外的美景笑着说："身无多少东西，就用窗外这片维多利亚海湾美景来招待客人吧。"

东莞还流传着一个低调至神秘的真实故事：大约2013年春天起，东莞长安街头，每天11时和17时，都有一群爱心人士在长安医院附近的巷子里免费向老弱病残或流浪人士派发馒头，每天派20笼，每笼约400个包子，风雨不改，坚持至今，连续数年的除夕夜和大年初一都未曾间断。

众多媒体蜂拥而来采访挖料，有记者欲拿起相机拍照，却被工作人员当场劝止：我们是受雇派发馒头的，雇主只想做点善事，不想张扬，更不想出名，所以请不要拍照，也不要宣传。

据说，这个爱心雇主就是一名莞商。有媒体找到这名莞商求证，他手一挥，断然否认："有冇（无）搞错呀？冇（无）这回事！"

于是，这便成了一桩悬案。

莞商为什么要低调？为什么连做了好事都不想让别人知道？光宗耀祖不是中国文化传统所推崇的吗？这个问题常常让人百思不解。

其实，低调、不争，不仅是莞商的特点，也是岭南人及其文化的一个特点，几乎为全体粤商乃至广东人所共有。他们有一句经典的口头禅："穷不与富斗，富不与官争，过好自己的日子。"笔者在东莞一家茶庄采访了一位50多岁的女老板，说起东莞老板低调时，她说："其实东莞人都很低调，考虑问题都是很务实的，不喜欢'车大炮'（粤语，吹牛说大话），喜欢先做着，做出来再说。包括东莞大老板'佛爷''林叔'等，几十年来话都不多，但是他们够搏，生意靠一手一脚做出来的。勤力、务实、低调，绝对可以讲是所有东莞人的特点。"

低调，一方面是地域文化使然，南方人因远离政治文化中心，向来被视为蛮瘴之地、发配之地，"南蛮子"没有话语权，加之粤语方言独特，说话也没有人听，在几千年来漫长的歧视和压抑中，便形成了沉默的性格、少说多做的传统。另一方面，即使在今天的环境下，不少莞商也认为，低调可以为自己的经营活动，保持更大的施展空间，减少不必要的阻力，所以他们不喜欢过分张扬。在东莞，如果一个人因为到处吹嘘自己很有钱，而招来强盗小偷之类，大家会嘲笑这人是"捉虫入屎忽"（粤语，捉虫子钻屁眼，意为自找麻烦）。

莞商拙于宣传自己，拙于为自己评功摆好，他们不会玩虚的，要干就实实在在地干。因此，尽管他们做了很多很多，但说得很少很少。有人这么形容："莞商是做的比写的多，写的比说的多。"企业家陈林对莞商的这个特点，有很深的理解，因为他自己就是这样一个人。低调、勤劳是两代莞商共同的特点，"自己有钱，都不说自己有钱，但都勤力肯做，这是事实。"陈林曾经这样自我总结。

莞商不喜欢见记者，这也是一大特色。年销售几亿元、几十亿元的大公司老板没有一篇个人专访，在莞商中并不稀奇。有的莞商身家数十亿元，口才一流，但他们只埋头做企业，并没有处处留话语，甚至连微博、微信都没有。另外，莞商也不喜欢到公众场合露面，即使是一些在很多人看来很重要的场合。比如，企业的千万元捐赠仪式，仅派代表参加；上级领导莅临考察，老板如有事，也是做事为先，不一定非要赶回陪同。

在东莞，媒体记者若能成功约访到莞商大佬，是一件值得庆幸的大事。且看《羊城晚报》驻东莞记者站女记者邓宛玲的一段真情告白：接到报社派给我的采访多名莞商的任务后，我备感任务之重，压力之大。莞商为人十分低调，采访难度极大，如何才能完成此任务？我有点束手无策，不禁仰天一声长叹。带着忐忑的心情，我打开报社提供的莞商通信录，拿着电话拨通第一位莞商的号码，"喂，您好！"电话那头传来很有礼貌的话语，声音也亲切，这让我绷紧的神经瞬间舒缓，我将采访的原因及内容讲了一遍，并弱弱地问了一句："明天，您有时间接受采访吗？"说这句时，我心里在默默祈祷对方千万不要说"NO"，这可是约访的第一位呀，一定要有个好彩头。电话那头，沉默，还是沉默……"那您明天下午到公司来采访我吧。"顿时，我欣喜若狂，放下电话后，我猛地起身站起来，振臂一呼："哇，初战告捷，大获全胜，万岁！"同事笑我，得意忘形，临近疯癫之态，不过他们取笑之余，均面露羡慕之色，"真不错，居然能电话约到莞商采访哦！"嘿嘿，如果每次都能顺利预约到莞商采访，那就让我更疯狂一点吧……

媒体是很乐意主动采访报道莞商的，但莞商却为何选择低调中庸地行事，甚至刻意同媒体保持一定的距离？笔者琢磨再三，觉得他们可能出于这四方面的考虑——

第一，冷静理智，拿业绩说话。但凡企业的老板，没有不忙碌的，如果每日要专门腾出大量时间用于应对媒体，势必会影响其日常经营管理。因此，在踏实做事，多出成绩和分心费神与媒体"陪聊"之间，孰轻孰重，他们心中自有判断；同时，他们也担心媒体对自己吹捧过多，容易导致内心飘飘然，滋生浮躁，盲目自大，不能进行理性的思维和做出正确的决策。

第二，闷声发财，怕泄露商业秘密。一种情况是出于保密的需要，其产品的进入门槛通常不高，而竞争对手数量庞大且模仿力强，他们不希望业务进展状况或新品研发成果经媒体报道后，招来新的竞争对手。另一种情况是，如果其销售对象只面向行业客户，或身处供应链上游，这些因素也决定了他们无须像消费品企业那样，需要高密度的宣传配合。东莞有很多这类企业：从不宣传，乏人知晓，但销售业绩却是所在行业第一。

振兴纸品董事长张玉其，就是这样的"隐形冠军"。民间称张玉其为"高埗首富"，曾入围2002年福布斯中国富豪榜，资产约76.5亿元。张玉其曾多年担任东莞工商联合会（东莞市总商会）会长，并于2010年1月至今担任东莞市政协副主席。在富翁遍地的东莞，能坐上这两把交椅的，绝非凡人。

在房地产大亨、电器大亨林立的东莞，张玉其却以制造传统纸制品发家，可以说是一个奇迹。他无论是在经营上还是在行事上都显得非常低调，从来不在任何公开场合透露企业的经营情况、收益情况及其本人的任何情况。媒体采访，更是一律谢绝。

这也难怪，张玉其发家的命脉在于纸品制造，在这样一个竞争激烈的传统行业能有如此成就，应当保守自己立于不败之地的商业秘密。

不过，在2012年世界莞商大会前，有媒体采访了"杰出莞商"张玉其后，试图用两句话揭开其财富密码：要勤劳，要艰苦奋斗，一步一个脚印干出来；以仁爱治厂、以仁爱待人。

张玉其最高调的一件事，就是2010年当了一回亚运火炬传递东莞站的火炬手。莞商中与他一起当火炬手的，还有五星太阳能董事长胡广良、日之泉董事长林志伟，其中林志伟时年80岁，是所有火炬手中年龄最大的。

第三，担心"露富"，树大招风。一些企业怕名气大了，招来拉赞助、拉广告、摊派等各种额外花费。莞商的担忧还不仅于此。目前社会上愈拉愈大的收入差距，造成少数人产生"仇富"倾向，在成熟的商业社会和私产保护机制尚未完全形成之前，莞商出于自身利益和人身安全考虑，就选择了"低调并快乐着"。

第四，患有"媒体恐惧症"。一是怕媒体来"化缘"或进行新闻敲诈。二是怕媒体为了吸引读者眼球而乱写，或道听途说，或断章取义，或哗众取宠，或虚假失实，给自己带来麻烦甚至伤害，因此有时候得"防火、防盗、防记者"。2015年东莞"两会"期间引起舆论哗然的网媒"标题党"新闻《东莞两会，富豪组沉默是金曾20多分钟无人发言》《东莞工商界政协委员：你说长远，没必要；你说政治，我们不懂》便是一例。

不过，可喜的是，越来越多的莞商尤其是青年莞商，以及进入松山湖高新区的博士创业群体，都愿意主动和媒体打交道，乐于讲述他们的创业故事；也有越来越多的媒体愿意跟莞商交流，走进莞企，甚至出谋献策。由以前莞商见媒体"笑一笑，一声不吭掉头就走"到如今"笑一笑，主动走过来握握手并聊几句"的变化，说明了莞商越来越开放、成熟、自信。

据世界莞商联合会不完全统计：2012年，媒体对莞商大会的原创性报道共300多篇，愿意主动接受媒体采访的会员仅有4人；2014年莞商大会，媒体原创性报道共400多篇，主动接受采访的会员升至28人，而全年接受《世界莞商》杂志专访，讲述其创业和公司品牌故事的人数高达120多人。

此外，世界莞商联合会还建立了媒体联谊会制度，每年邀请国内外主流媒体的编辑记者出席工作座谈会、集体采访知名企业、体验东莞工业旅游和生态旅游等，让媒体走近莞商，了解莞商，宣传莞商；让莞商熟悉媒体，善待媒体，善用媒体。

莞商的低调还体现在他们的节俭上。比如"太平绅士"方树泉，虽为巨富，却十分节俭，平时外出，只带33元。20世纪80年代后期，物价高升，才增至330元。这不仅是因为"3"的谐音好意头为"生"，寓意生意有生气，也是给汽车加油准备的零钱。东莞家乡的市长来访，他也是请到茶楼接待，简单得仅有一壶茶、一碟炒粉。

易事特董事长何思模乘飞机只买打折的经济舱；和家人同住公司公寓，二十年如一日在食堂和员工一起吃工作餐。

莞商信奉这句老话：吃不穷，穿不穷，不会算计一世穷。许多人发出这样的感叹："像莞商那样投资一个项目就几千万元的企业家，比我们这些小地方人还不讲究吃喝，那么有钱，却和工人一样吃饭、加班。原料、设备、人力都被他们算计到家了。这样的人不发财，谁能发财？"

笔者为采写此书稿，曾参阅逾千篇相关的新闻报道，发现关于讲述莞商低调的文章数量众多，但描写莞商"高调"的，为数极少。有两个案例极为著名：

从东莞走向全国的著名企业步步高，做事高调，曾花重金请李连杰、成龙做广告；豪掷近3亿元，于1999年和2000年两度成为中央电视台广告"标王"；其董事长段永平花费62.01万美元，就为获得与巴菲特共进午餐的一个机会。

莞商陈鸿道创办的加多宝集团，"捐款就捐一个亿"的高调慈善享誉全国：先后三次为汶川、玉树、雅安灾区捐款各1亿元。

此外，笔者发现莞商刘浩林和他的皇冠车的故事，高调得颇有意思——

在邓小平南方谈话精神指引下，厚街镇青年刘浩林初生牛犊不怕虎，搁下了劳动用的锄头、粪筐，独自到广州做起了万宝牌电冰箱的销售商。20世纪80年代初，靠"诚信"二字，才20岁出头的刘浩林成了千万富翁。"1987年生意最好，我已赚了1800万元现金。"1988年10月，刘浩林花30万元购买了一辆全新皇冠车，后经一汽丰田公司确认为东莞购买皇冠车第一人。在纪念改革开放30周年之际，《东莞日报》记者杨柳前去采访刘浩林与皇冠车的故事，便有了如下对话：

记者：20世纪80年代就买皇冠车，很不容易吧？

刘浩林：那当然，可以说我买的皇冠是当时厚街最好的车，因为那时候有钱人并不多，街上都很少有车，驾驶一辆五十铃就已经很神气了。你想，那时候，东莞的领导都只坐面包车，能够买辆手扶拖拉机或农用客货两用车的，已属凤毛麟角的"万元户"了。

记者：当时买一辆那么"惹眼"的名贵私人车，激动吗？

刘浩林：我还好，因为买皇冠之前，我已经拥有两辆私家车了，虽然是人货两用，但也是丰田进口车。不过，当时我那才4岁的儿子就开心了，不仅吃饭要端着碗坐在车里吃才吃得香，甚至还要躺在后排座椅上睡觉，后来干脆神气地握着方向盘，拍了一张"开车"的照片。

记者：那时候坐你车的人都感到很神气吧？

刘浩林：呵呵，是呀！那时候只要坐在我副驾座上，他们都显得非常开心，一路春光满面，哪怕尘土飞扬都喜欢把车窗打开，神采飞扬地向道路旁那些认识和不认识的人，有意无意地含笑挥手打招呼，恨不得所有人都知道他们坐在皇冠车里。

记者：坐车的人都这么神气，开车的人一定更风光了吧？

刘浩林：那时候车停在哪里都有人围观，许多亲戚、朋友结婚都找我借皇冠做花车，就那几年时间，老皇冠都接了大约有100位新娘了。

记者：这辆豪车有没有在生意上实实在在地帮过你？

刘浩林：帮过啊！那次一个客户仅凭我20年前就开这样的好车，而且一直开到现在还保养得这么好，觉得我有实力，够专一，便毫不犹豫地选定我做生意合作伙伴。想当年，它陪着我出入酒店宾馆、机场车站，保安和门卫好像都特别对我彬彬有礼，人们都似乎因为有它而对我肃然起敬，它陪我与客户谈判，都让我感觉身价倍增，生意顺利。

……

买了一辆皇冠轿车，也算是莞商的高调之举？笔者套用一句网络流行语发问："元芳，此事你怎么看？"

17. "牙齿当金使"

所谓"牙齿当金使",是一句广东俗话,意思是嘴巴说话要算数,一诺千金,亦叫"有口齿"。

诚信,并不是商业世界里的道德高标准,而是最基本的要求,是道德的底线。没有诚信的维系,整个商业世界,乃至整个文明社会,都将全然瓦解。所以,2012年中共十八大首次以12个词概括社会主义核心价值观,而"诚信"便是其中之一,占了一个极具分量的位置。

莞商讲诚信吗?这本来不是个问题,如果不讲诚信,莞商有可能成为改革开放以来全国崛起最快的商帮吗?晋商、徽商、潮商、浙商这些大大小小的著名商帮,都是有几百年甚至上千年历史和文化沉淀,但莞商作为一个新兴的商帮,40年前才从珠三角崛起,如果不是以诚信经营,它凭什么在这个七国争雄的商场扬名立万?凭什么在改革开放的大潮中劈波斩浪建功立业?难道仅靠钱多?

遵守契约,遵守游戏规则——这是许多其他地方的商人对莞商的印象。可以佐证的例子是,许多莞商相互借贷,并不需要签合同那么烦琐,而是以白条为据,甚至连白条也不打,仅以口说为凭。相当于法律约束效应的就是个人名声,莞商甚至把诚信看得比生命还重要。莞商、"假发大王"张细曾说:莞商最大的特点是"有口齿"(有诚信),我和另一位莞商做过一单2000多万元的生意,一张纸条写上18个字就搞掂了。

因此,《莞商宣言》把诚信奉为为人之本、为商之道:"我们要彰显诚信立业的莞商理念。诚信是为人之本、为商之道。无论身处顺境、逆境,我们都要把坚持诚信作为安身立命、建功立业的唯一商道,倍加珍惜企业诚信和个人诚信建设,始终做到守信用、讲信誉、重信义,在恪守践行中立人、立企、立业,齐心协力擦亮诚信立业这一金字招牌,用金子一般的信诺打开一扇扇通往财富与成功的大门。"

莞商深知"信用"二字值千金。不讲信用,"口水糊篱"(东莞话,指说大话、假话)骗得了一时,骗不了一世;骗得了我一人,骗不了天下人。举头三尺有神明,最后摔个倒栽葱的,还是自己。

但不少人在说到莞商时,往往以不屑的语气说他们土里土气,没文化,像农民似的。是的,大多数老莞商都读书不多、学历不高,但是,这些人却能把握时代发展的脉搏,领悟国家的政策精神,抓住稍纵即逝的时代机遇,进而改变命运,一跃成为金字塔上层的精英人物。

是的,大多数老莞商都是家底很薄,耕田种地出身的农民。但正是由于这些莞商洗脚上田的时间不算长,身上还带着一些浓郁的乡村泥土味,骨子里还保留着更多中国农民的纯朴气质和人情味,较少沾染尔虞我诈的奸商习气,使得他们的诚信性格,更接地气,更质朴,更具有传统乡约精神下的草根味道。

在莞城至温塘公路边,有一座还金亭,纪念的正是底层小商人信守承诺的故事。

相传古时这里有一座茶亭,是温塘村民袁友信卖茶之处,过路行人常在这里歇歇脚。袁友信为人敦厚,每碗茶只收一文钱,贫者皆免。某日,一位过路商人进来饮茶,遗下一袋300两的银子。袁友信当天守候至夜,不见客人回头寻找,只好代为保存。

从此,袁友信每天都到茶亭卖茶,一年四季、逢年过节,哪怕发烧,亦不间歇,希望能遇见失主。直到三年后,有一客商路过茶亭,饮茶后说："我饮过天下无数茶水，此处最贵。"袁友信问他缘故。客人苦笑说："我曾在此饮了一碗茶，花了300两银子。"袁友信连忙追问时间，正是当年捡获银子之时，知道是失主出现了，于是从茶担里取出银两还他，一文不少。客商大为感动，要把银子赠给袁友信。袁友信说："我苦等三年，就是为了归还失主，哪能收钱？"客商无奈，只好用这笔款修葺亭子，题名为"还金亭"。

相传，袁友信的名声，上达天听，明洪武帝和永乐帝曾先后两次诏征袁友信，主持治理黄河。当然，这个结局无关宏旨，因为袁友信始终不是以一位治黄官员的形象传世，而是以一位小商贩的诚信精神，感动后人，垂范后世。还金亭上有一副对联：

邑乘志清芬，溯此地名贤，茶煮廉泉，三载遗金还故主；
笠车堪小驻，悯当途热客，重建旧址，百年嘉树荫劳人。

还有一个现代版本的"还金亭故事"在东莞广为流传：邬石梅是寮步镇金业科技园浙江包子店的小老板，同时也是三个孩子的母亲；她的包子0.5元一个，为了生计，她每天起早贪黑地忙碌，在东莞一干就是十多年。2011年10月29日，她在自家店门前偶然捡到一个包扎好的小塑料袋，打开一看，竟是4.5万元。这笔意外之财，对邬石梅来说可是巨款，需要卖9万个包子才能换来。可是，面对这天上掉下来的"馅饼"，邬石梅不仅未起贪念，还主动想办法联系失主，最终使巨款"完璧归赵"。

邬石梅这一举动被媒体传播开后，网友送给她一个响亮亲切的称号——"最美包子嫂"。后来，她还被评为"东莞好人"。包子嫂红了，生意也越来越好，但她的包子一直没有涨价，她也一直用良心在做包子。

这两个故事，具有某种象征意义和启示意义，从中折射出莞商精神世界中淳厚、忠信、守正的一面。同时，它也告诉了人们一个道理：人生在世，想获得尊重，与地位无关，与心地有关。

要说莞商身上老实厚道的农民气质，在东莞横沥牛经纪身上表现得尤为突出。

400多年前，横沥牛圩已是闻名遐迩，与三水西南、鹤山沙坪并称"三大牛圩"。直到今天，由广东百分百实业集团经营的横沥牛行仍是广东省内几个最大型的活牛交易市场之一。每天买卖牛只，少则几百头，多则上千头，东莞、深圳的酒楼饭馆和菜市场逾九成的牛肉，都来自这里。

当年，每逢农历以三、六、九为尾数的日子，各地的客商、农民便水陆兼程，赶赴横沥，参加设在这里的耕牛交易圩市。在横沥牛圩最兴盛时，广州每逢圩日都有一趟火车专门开往横沥，运载人们去趁圩。

横沥牛圩这么出名，是因为它拥有一批非常专业、特别能干的卖手。当地人叫他们"牛经纪"，有的地方叫作"牛中"，就是卖牛的中间人。他们有一门绝技——估肉膪重。一双火眼金睛，就像一把秤，一眼就可以判断一头活牛，宰杀后起出来的肉膪有多少斤，骨头有多少斤，值多少钱，几乎毫厘不差。肉膪是牛最值钱的部分，估多估少，都会给牛栏造成影响，所以一个口碑好的牛经纪，是牛市的一宝。

牛经纪靠帮人相牛赚取佣金，他们之所以能得到买卖双方的信赖，无非是因为"诚信"二字，绝不会欺个重个，而是凭良心做事，实牙实齿，买卖公平，从不搞"台底交易"，这是横沥牛圩从明朝至今400多年屹立不倒的重要原因之一。

横沥牛圩最老的一位牛经纪叫张扬锦。今年87岁的他，从13岁开始跟着父亲学相牛，功夫非常了得，一眼能看出牛只的年龄、品种、肉质和重量，目测牛只的实际重量误差不超过0.75公斤。横沥牛圩每个牛商和牛贩都熟识他，不仅称赞他相牛技艺了得，还敬佩他做事言而有信，

"牙齿当金使"，尊称他为"锦叔"。

2014年2月25日，中央电视台《新闻联播》记者跟随张扬锦老人，如实记录了他为客人选牛的经过。一大早，有深圳客人来电话，让锦叔帮着买牛。锦叔说，买牛主要看牛能出多少鲜肉，而这全凭眼力和经验。牛的胃比较大，像一头500斤重的水牛，可以吃下100斤的水和草料。因此，在选牛的时候，要上下好好掂量，看一头活牛除去水、草料和皮毛，能出多少斤肉。如果肉少，买家就要亏本。锦叔转了两个多小时，最终帮客户买到了合适的牛。

《新闻联播》报道指出，买卖双方都对锦叔非常信赖，很多买家连牛圩都不来，全权委托给他。"锦叔在这里买牛非常诚实，买主说多给钱他都不要。"横沥牛行商贩陈先生告诉《新闻联播》记者："那些客户就相信锦叔了，对不对？人家不会说你在不在场，你在场也是这个价，不在场也是这个价，这个就是诚信了嘛！曾经有牛贩子找到锦叔，给钱让他帮忙卖高价，但是被锦叔拒绝了。"

"要有良心，一句话说是怎样就怎样，讲假话不对，骗人不对。"面对中央电视台的镜头，张扬锦道出了他的心声，说话很朴实，却非常温暖，掷地有声，饱含正能量。

锦叔一直牢记父亲对他的教诲，务必"以信为本"，所以他坚决抵制使用暗语的方式欺骗顾客。他说："我们骗不了顾客的，我们贪他们小便宜，骗得了一时，骗不了一世；到最后，横沥牛圩名声差了，就没人来，吃亏的还是我们自己。"

锦叔在牛圩口碑很好，牛客没带够钱，他一句话帮忙担保十几头牛的事情，也是屡见不鲜的。问及他最大的担保额是多少，锦叔两个食指比画了一个"十"字。五年前他帮一个牛客担保过10万元，对一个老人而言真不是小数目，从来没有牛客"走佬"（粤语，跑路逃账），让锦叔蒙受损失。

如今，很多牛客都不到牛圩，而是放心地把买牛工作托付给他，让锦叔帮忙买牛，然后汇款给他。横沥牛行行长朱树轩说："张扬锦从业70年，从来没有收到一宗投诉，就是因为他做人讲信用、有口齿，大家都信得过他，对他放心。"

因为诚信，张扬锦还被评为"广东好人"，成为全国道德模范候选人。中国文明网评价说：要一个人做一件好事不难，难的是一辈子都坚持做好事。作为横沥牛圩最老的牛经纪，张扬锦70年来坚守信用，不为利诱，凭良心做交易。而正是有了一代又一代的诚信牛经纪，才成就了400多年牛圩的生生不息，古老的商业文明在今天依然熠熠生辉。

2007年，横沥镇曾向国家申报将"牛经纪"列为非物质文化遗产项目，因为这一群体已成为莞商诚信经营品质的"活化石"。如今还在世的牛经纪，已无几人，但他们的诚信精神，却在新一代的莞商中薪火相传。

桥头镇青年莞商罗铭华，就因经商诚实守信，2009年被中央文明办评选为"中国好人"。

据中央文明网报道，2004年，一个自称某公司网络管理员的人找到罗铭华，要求他在发票上多开几个项目回公司报销，允诺可以给他好处。罗铭华坚决拒绝："我不赞成给回扣，并且我做生意尽量和公司负责人接头，减少出现回扣的可能性。"戏剧性的是，这个要罗铭华多开发票的人正是一家公司的老总，他只是用这种方法在寻找可靠的合作伙伴。罗铭华讲诚信的行为深深打动了他，从此，两人成为良好的生意伙伴。

还有一次，罗铭华的一位供货商账本被火灾烧毁，里面记着罗铭华应付的款项登记。供货商凭记忆整理出了2万元的供货欠款。罗铭华闻讯，要求自己公司主动清查财务，发现实际欠款是3.8万元，于是第二天一分不少地向那位供应商付了款。

对此，不少人把罗铭华称作"天下第一傻"。但他不以为然："利益是企业的生命，但是企业的社会责任更重要，很多中国百年老店都是以诚信为本长久不衰的。"据了解，罗铭华从一家小小的维修部做起，发展成为资产近1000万元的综合性民营企业，15年间从未被消费者投诉过，并获得了"重合同守信用企业"称号。

  做生意最忌是不诚实，不讲信誉。为了争夺一分一毫的利益，商场上尔虞我诈，钩心斗角，昔日的朋友成了敌人，父子反目，夫妻成仇。这种悲剧，人们在电视里见得太多了，所以很多人都认定"无商不奸"。

  这种说法，多少有点愤世嫉俗，甚至玩世不恭的意味，尽管我们不能否认有奸商的存在，但大部分莞商还是很讲正气，讲诚信的。在我们对这个社会进行基本的评价时，无论我们是身处在最好的时代，还是最坏的时代，好人与坏人的比例，都是绝对不会颠倒过来的。

  虽然厚街大部分人都吃过陈什根制作的鑫源腊肠，但由于陈什根的低调，即使他走在厚街的路上，也很少有人会认出来。更何况，陈什根看起来也不像老板，黝黑的皮肤，瘦长的身板，一脸憨厚的笑容，不说还真不知道他是东莞"老字号"鑫源食品公司的董事长。

  因为莞商不喜欢张扬，陈什根从未出现在什么财富榜上，但在东莞市评选的"东莞好人"榜上，在2014年由中央文明办公室、中国文明网联合举办的"我推荐、我评议身边好人"活动的"中国好人榜"候选人名单中，却榜上有名，他的简介中有一条特别让人注目：30年来坚持做良心食品，绝不能让一个危害百姓身体健康的食品出厂；诚信经营，为了保持腊肠的食用安全和传统独特的风味，每一批产品生产出来后他都第一个试吃，以自己的身体把住腊肠出厂的最后一道关。

  长期从事食品行业的陈什根尝过百味，被问及梦想是什么味道时，陈什根说，那是豉油的味道，咸苦中带点甜。多年来，陈什根的事业看上去一路风生水起，背后却隐藏着不为人知的辛酸。陈什根出身于厚街一个普通的农民家庭，1976年担任生产队副队长。改革开放后，他也加入了洗脚上田的大潮,一心想当老板,便和7名村民合伙,每人出资3000元,办起了一家食品加工的小作坊生产"厚街腊肠"。

但由于他们完全不懂得做生意,没有生产技术,没有熟练的工人,没有流动资金,连靠谱一点的进料和出货渠道也没有,几个合伙人的文化程度都偏低,当初为了过把老板瘾,便莽莽撞撞一头扎进商海,一出师就打败仗,产品滞销,钱全扔进了咸水海。几个合伙人也没钱再"补仓"了,只好各散东西,另谋生计去了。

走过无数磕磕碰碰、跌跌撞撞的弯路之后,他终于从一位经验丰富的老行尊那儿,学到了一手酿造酱油的独门秘技,然后重返自己那家濒临倒闭的食品厂生产酱油和腊肠。由于他坚持货真价实、诚信经营,竟然咸鱼翻身,发展壮大为公司,所生产的生抽、腊肠、月饼等充满岭南风味的食品在市场上享有盛誉,鑫源品牌在2011年被评为广东省"著名商标",所生产的系列肉类制品被广东食品协会评为业界"领军品牌"。先后被评为东莞市及广东省"非物质文化遗产厚街腊肠制作技艺项目代表性传承人"的陈什根,被人称为"舌尖下的东莞梦"。

笔者在莞城中山路采访时,还遇到了卖烧鹅濑粉20多年的小店老板凌建成。他说他每天一大早就要跑很远的水路,四处去寻购"走地大的瘦身鹅",淡季的时候还要出远门到江西那边去挑鹅,虽然很麻烦,成本也高了,但绝不买随时可送上门来的用饲料饲养的肥鹅。因为很肥,不好吃。濑粉则一定是自己和师傅手工制作的,从不用机器大批量制的粉。他怕吃惯嘴了的老街坊不买账,说"哎呀,怎么变了不同的味道",他坚信"人家知道到这里吃,就是因为口碑好",不能干砸了自己牌子的事。这样,他烧制的烧鹅濑粉鹅皮香脆,濑粉滑韧,虽历经20多年,仍口味正宗。

还有莞城振华路只用一种鱼做鱼丸的李枝记老板李贵枝、曾肖然夫妻俩,从1983年开始,他们的鱼丸一定只用半斤以上七两以下有"油水"的活的鲮鱼,绝不用死鱼。鲮鱼骨头很细,机器能将鱼骨头彻底绞烂。最后一道工序则一定是他们亲自用双手挤捏出鱼丸,挤的时候手力要均匀,挤出来的鱼丸粒粒一样大,因为只有这样,才能无骨头感、够"弹牙"、够爽脆,才好吃。

段永平,一个在东莞白手起家的江西人,竟在不长的时间里一手创造了步步高著名品牌,并于1999年、2000年先后两次夺得央视广告"标王"。1999年6月,《亚洲周刊》(*Asiaweek*)杂志选择了当时38岁的段永平作为中国内地企业的两位杰出代表之一,跻身20名"千禧年领袖"之列。

段永平在东莞经商20多年,低调,也成了他的习惯。接受媒体采访时,他开场白往往就说:"我是段永平,你可以叫我阿段。""阿段",这是广东最普通不过的称呼,名前加"阿"字,广东遍地可听见"阿强""阿光""阿福"这样的称谓。段永平说:"叫阿段是有点土气,不过我喜欢人们这样叫我。如果我不上大学,肯定是个不错的农民,我农活干得漂亮,如今身上还有不少农民气。"

段永平认为,诚信和吃亏是福的生意理念,在帮助他走向成功。在小霸王产品出厂价降价后,他曾自愿向先前拿货的经销商补了几千万元的差价,为此损失了巨额的利润。吃了眼前亏,但经销商对小霸王的信心却更加坚定了。1995年,这位功高震主的"打工皇帝",因与原东家产生了矛盾,于是选择辞去小霸王总经理职务。

此处不留爷,自有留爷处。段永平从中山来到了东莞长安,振臂一呼:"我要创办一个企业,谁来帮忙?"大家深知段永平是个守信之人,从前的合作伙伴、经销商、老客户便云集响应。但段永平恪守离职小霸王时的口头契约:离开一年之内,不生产小霸王同类产品,不跟小霸王在同行业、在国内市场竞争。

因为诚信,段永平只用了短短不到20天时间便成功融资,组建了步步高。

在今天的电脑界,人们还经常谈到一个故事:在我国1994年的一次调查中,人们被问及"最熟悉的电脑品牌是什么?"结果让外国专家大跌眼镜——不是IBM,也非联想,而是"小霸王"!

"世间自有公道,付出总有回报。说到不如做到,要做就做最好。"这是步步高的广告歌,也是段永平诚信做人的座右铭。开车的时候,段永平最喜欢播放这首歌,并享受着越开越远的快感。

莞商已存在千年,低调务实的他们并不着意以商帮之名彰显于世。但随着改革开放的进程,这个群体却越发鲜明地出现在人们面前——他们重诺守信,用口碑积聚人脉,将生意不断做大;他们笃信诚实守信、造福桑梓,企业才能财源广进、百年长青;他们开放包容,为一切商界人士提供发展的机会;他们坚守正道,振兴实业,有所为有所不为,比如"动摇企业价值观的事情就不可为"。

在东莞,有一家广东三正集团下属的房地产开发有限公司,集团起"三正"这个名字,包含了企业的精神内核:树正气,走正道,出正果。企业的使命是:"让我们生活得更有意义。"

当时,桥头镇有一个外商俱乐部,即莲湖度假村,由于经营不善,濒临倒闭。但三正房地产公司却非常看好这个度假村,既有天时,又有地利、人和,没理由办不好,便向政府提出要承包这个度假村。接手这个烂摊子后,公司大刀阔斧地进行了改革整顿,不到两个月,就扭亏为盈了。许多酒店业的经营者对这个籍籍无名的后起之秀,都不禁投以惊讶的目光。

1997年,三正房地产公司开发的第一个楼盘——正华苑别墅区推出市场预售,反响甚为热烈,还没开工就被抢购一空了。但到施工时却发现,其中有九座别墅的地基下面全是长年积水形成的漏斗状淤泥潭,不适宜建筑。

　　大家叫苦不迭。唯一的办法，就是在地基浇铸一层厚实的钢筋水泥，建筑行话叫作"满堂红"。但这么一来，每座别墅的成本要增加9万元，如果不加价就要亏本。当时别墅已被人落订，连定金都收了，现在才来"打死狗讲价"，肯定会被买家骂死。

　　这个项目，面临着诚信的考验。公司领导认为，事关公司商誉，就算亏本也不加价。否则，公司第一步没走好，以后的路就别想好好走下去了，"三正"就要变成"三歪"了。事实证明，三正房地产公司这个决定是对的。这九座别墅虽然不赚钱，但卖了个"满堂红"，而且公司宁亏不加价的事情在市场一传开，等于做了个大广告，公司声誉一炮打响。

　　另一件事情，也反映了三正房地产公司经营的诚实态度。2006年，全国旅游星级饭店评定小组到东莞考察，三正房地产公司有一家酒店也属考察评定对象。那几天正好天阴下雨，客人稀稀落落，有人担心会给评定小组留下不好的印象，提议不如让公司员工扮成客人，在酒店内进进出出，增添一些人气。酒店负责人觉得主意不错，开始布置员工。

　　这事让三正房地产公司领导人知道了，马上叫停，他认为这种做法，出发点虽然是好的，但毕竟有弄虚作假之嫌，不符合三正房地产公司坚守"走正道"的道德标准。他对酒店负责人说："我们如果一边倡导诚信，一边支持或默许这种做法，那么弄虚作假的现象就会蔓延，最后连经营业绩都能作假，对企业就成了一种灾难。"这便是古人所说的"圣人畏微，而愚人畏明"，戒惧事物的微小苗头，谨小慎微，祸乃不滋。

　　正是在这种诚信经营的信念和原则的支撑下，三正集团才能够迅速发展起来。2000年3月23日，三正房地产公司投资兴建的樟木头三正半山酒店正式开业。一年后，国家旅游局正式批准其为五星级旅游涉外饭店。这是全国第一家乡镇五星级酒店，也是21世纪获批准的全国第一家五星级酒店，对东莞酒店业的发展具有划时代的影响。酒店负责人在接受媒体采访回应为何取名"半山酒店"的提问时答:"半山之意,既指高人一筹,又寓意永远攀登,永无止境。"

2004年,三正房地产公司已发展为横跨房地产、酒店、文化、家政等多个产业的集团公司,并公布了《三正行动纲领》。集团举办了规模盛大的千人宣讲大会,开宗明义宣布:"我们一直致力于建设一种以务实、进取、诚信、高效为核心,以人为本、关爱、负责、开放为特色的三正文化。"

有媒体把《三正行动纲领》称为"至今东莞民营企业中第一部系统的、科学的、浓缩企业文化精髓的'企业文化宝典'",这是有着示范意义的。2006年,由广东省消费者委员会、羊城晚报集团、凤凰卫视等权威机构联合举办的"消费者信赖品牌"暨"行业品牌十强"评选活动圆满落幕,三正房地产成功加冕"行业品牌十强"的殊荣,并荣膺"2006中国泛珠区域最具影响力房地产企业"的称号。

说到诚信经营,唯美集团董事长黄建平向笔者说起了一个花巨资买了一张图片的小故事。1998年初,一个偶然的机会,黄建平在一本画册看到了一张骆驼在沙漠上行走的摄影图片《瀚海行》。这是一张为人熟知的反映西部沙漠风光的照片,在这张照片中,只见一群"沙漠之舟"骆驼正在一片浩瀚无垠的沙漠中,迎着风沙坚强前行,那种大无畏向前的执着令观者心动。黄建平想使用这张照片作为他刚创建不久的马可波罗瓷砖的形象广告,当即四处打听,主动联系上了摄影作者晏先生,并最终以22.8万元购买下版权,创下了当时国内收购单张照片独家版权的最高价格。这样的大手笔,在当年曾轰动一时。作者晏先生说:"我这张照片之前很多人擅自使用过,但从来没有人给过我一分钱。黄总却用一笔巨款买下了这张照片,让我非常感动!"

因为诚信,唯美集团在马可波罗瓷砖的生产中只选择达到优等品的产品出售,并采取多种措施打击市场上的假冒产品,以保障消费者权益和品牌形象。也正因为诚信，2016年5月5日，美国田纳西州州长比尔·哈斯拉姆专程来到东莞，答谢唯美集团兑现承诺在美国投资兴建陶瓷工厂。

启光集团董事长邱启光用自己的名字来命名企业，把个人的诚信和名声押在企业上，并用数以万计的启光工程奠定了一个钢结构王国。

由于朴实可靠、信誉好，"中玲制衣"董事长钟凤群拥有不少合作长达20多年的"铁"客户。她和客户的关系铁到在2010年原材料价格上涨时，欧洲客户主动给她补了10%的货款，总计达几百万元人民币。

东莞市糖酒集团因为恪守诚信，哪怕是产品意外受到轻微损坏，也给客户全额赔偿40万元。这让当事的日资企业京滨公司刮目相看，随后十多年都将自己的仓储业务外包给该集团旗下的时捷物流，而且还将上下游关联公司的物流业务都推荐过来。

诚信是为人之本，为商之道。无论是身处顺境还是身处逆境，莞商始终做到守信用、讲信誉、重信义，齐心协力擦亮诚信立业的金字招牌，打开通往财富与成功的大门。笔者在东莞著名腊肠肥仔秋的形象展示馆里，看到了一副书法对联："诚信为做人根本，质量是企业生命。"这副对联，道出其在商海一路高歌的精髓。

以德行为先，打造诚信的现代商帮，这是莞商的共识。

18. "有钱大家揾"

在广东和港澳一带,人们在生活、生意及互相交往中,最通行、最流行、使用最多的语言,概括起来有八个字,可谓言简意赅:一起发财,多多合作。

这八个字,充分体现了莞商的合作艺术,反映了莞商的个人性格,更是一种高超的经营智慧。在利益分配上,莞商形成了"不吃独食、有钱大家赚"的习惯性心态。

东莞可园

这里讲一讲与顺德清晖园、佛山梁园、番禺余荫山房合称"广东四大名园"的东莞可园，其主人张敬修的故事。由于二哥张熙元经商，张敬修家富甲一方。按清朝惯例，张敬修用钱捐了个正五品的同知官职，从而由"修炮台的"逐步转身为武官，战功累累，官职最高至江西省按察使，正三品，同时兼任的布政使是个从二品的官，至少相当于今日现代社会江西省武警的当值头儿了。后因病，三起三落的张敬修辞官归故里，并兴建了私家园林可园。可园占地面积2204平方米（现已扩建至20000平方米），其中邀山阁是东莞当时最高建筑，高达15.6米，四面明窗，飞檐展翅，凭窗可远眺莞城景色。

　　为什么取名"可园"？张敬修信奉道家，他认为当官也好，作战也好，能进则进，不能进就退，可进可退乃男儿天性，所以便用了"可"字，暗喻自己进可入仕当官，退可归世为民；进可领兵作战，退可琴棋书画。

　　难得的是，张敬修作为一名武将，居然琴棋书画样样皆精，经常在家里广邀文人雅士聚会，并将居巢、居廉两位大画家供养在家中多年，为他们取得后来的大成就创造了极好的条件。居巢、居廉是谁？就是岭南画派鼻祖，国画大师高剑父、关山月等的师傅和师祖啊！关山月的巨幅国画《江山如此多娇》悬挂在北京人民大会堂，毛主席都亲笔为画题写"江山如此多娇"的名字呢！

　　传说中，当年张敬修在广西打仗时，有一天在某县城被太平军围困了，手下都逃跑了，偏偏此夜，平日经常一起吟诗作画的居巢、居廉兄弟来到了张敬修身边，愿陪其左右，生死相伴。张问：人都逃光了，你们怎么不跑？这哥俩回答说：你呢，为报效国家，为国不跑；我们呢，为报效情义，为自己不跑——这就是所谓的经历过战争所形成的生死之交。

　　尽管张敬修不是一个商人，但他的"可""情""义"，却对后世及莞商的性格与传承，有着不可忽视的影响。

很多外地商人来到东莞，和莞商做生意，做着做着，就成了朋友；有的打工仔、打工妹帮老板打工，打着打着，老板就把他们带成了老板；更多的人，还在东莞安下了家，有的甚至把整个家族也带来了，全家都成了新莞人。也有一些从东莞走出去的人，在外面闯荡多年，最后得出的结论是：还是莞商最讲情义。

改革开放初期，新一代的莞商虽然还很弱小，处于萌芽状态，但已经有了"有钱大家揾"的观念，敞开门户，欢迎七大洲五大洋的商人到来，欢迎他们来东莞赚钱。他们有钱赚，我们才有钱赚。所以东莞积极主动为外商办事，排忧解难，从20世纪80年代的东莞县对外加工装配办公室，为"三来一补"企业提供办事一条龙服务，到90年代给所有外商发外商身份登记证，在就医、购房、办事方面均给予优先。最后，这些外商不少就落地生根，变成莞商了。

日资京瓷公司原总经理横森满寿雄就因为拥有一张外商身份登记证，捡回了一条命。2001年，横森满寿雄在石龙镇的街头中风晕倒，被送到医院，没人知道他是谁，但医生从他身上找到一张外商身份登记证，马上免除一切手续，先行抢救。如果没有这张小小卡片，后果可能不堪设想。

这位日本老人满怀感激，退休后不回日本了，留在石龙当投资顾问，他说："石龙就是我的第二故乡。"

唯美集团董事长兼总裁黄建平是广东普宁人，从1988年就来东莞创业，在东莞生活了30多年，他常说自己是"不折不扣的老莞人"。这些人为什么不愿意离开东莞了？原因虽然各不相同，但他们都有一个共同的感受：这里的人重情重义，讲感情，讲义气。

从黄江到新加坡创业的新加坡立进科技公司营运董事张国明，就说过这么一段深有感触的话："莞商之间，天然的兄弟般的情义是在外漂泊中难以找寻到的坚固的力量。"他感觉在莞商之间,总是有一种天然的牵挂和联系,这种情义是在新加坡的生意伙伴中难以找到的。"在新加坡,朋友更多的是生意上的伙伴,很难变成兄弟。"

这种兄弟般的情义是怎么炼成的呢?

有一个很经典的例子:以生产服装著称的以纯集团,曾向全国的以纯专卖店承诺,如果亏本,全部由公司承担。同时还向客户公开加工成本,把利润大头留给专卖店,让生产者、经销者结为利益同盟。

在一些人看来,这似乎很愚蠢,有钱不赚,慷公司之慨,撒钱买喝彩,是败家子的做派。然而,这恰恰是莞商最具智慧的哲学理念之一:天下的钱是赚不尽的,有钱大家赚。为了自己能赚到更多的钱,就必须让别人也赚到钱。

在古代以经商致富而跻身乡贤的,只有一个春秋战国时期的陶朱公。但他之所以能称贤,不是因为他会聚财,而是因为他能散财。后晋《旧唐书》亦有载:"财聚则人散,财散则人聚。"按儒家的价值观,能聚财不算本事,能散财才是最高境界。有聚有散,阴阳才能平衡。唯有平衡,才能长久。

做慈善公益是一种"散财",做生意时让利也是一种"散财"。让利是一门非常高深的学问,在哪个环节让,让给谁,怎么让,让多少,都需要十分精准的计算,找到一个最佳的平衡点。不求赚尽每一分钱,不独食,懂分润,广结良缘,"有钱大家揾",你好我好大家好,这样生意才能做得长久。

在以纯公司,还有另一个细节,让人们对莞商所追求的企业文化,有了更深的认识。

东莞企业的员工,大部分是从外地来的,在本地没有住宅,很多夫妻不得不分别住在工厂的集体宿舍。以纯公司也一样,为了解决这个问题,公司不断投入资金,为已婚员工设立了逾千间的夫妻房,尽量为夫妻员工在他乡一圆拥有"家"的梦想。

2008年3月14日，西藏拉萨发生骚乱，当地一家以纯专卖店被火焚毁，5名店员不幸遇难。以纯集团出资让店老板重新开业，并为5名遇难店员家属各送去40万元慰问金。

灾难是最考验人心的。罗锦耀是"木工佬"出身，如今，他创建的耀邦集团已是中国家具业的龙头，其重要的成功秘诀是：有情有义。1994年，一场意外的火灾，把他的工厂毁于一旦，损失100多万元，让当时资金紧缺的罗锦耀陷入困境。但为了手下近200名师傅、工人不失业，他硬撑着，到处筹钱，硬是在灾后三个月就建成了新厂房并恢复生产。人心都在人心上，罗锦耀的至诚，拨动了工人们的心弦，他们大为感动，工人与他成了"砂煲兄弟"（在一个砂锅煮食的铁哥们），多年来一直死心塌地跟着他干。

罗锦耀还有一个很独特的用人方式，他在选用人才时，会告诉人家，让他只在公司待五六年，然后鼓励他出去创业，帮助他当老板，还将厂里的机器送给他。现在从耀邦走出去独立办企业当老板的已有20多人，有的已做到了年销售额数亿元，业界称耀邦为中国家具业的"黄埔军校"。

有记者不解地问罗锦耀：同行是冤家，你就不担心他们会成为你的竞争对手？罗锦耀笑了，说："你要知道，中国的家具市场那么大，是做不完的。你不做，其他人也要做。如果从你这里出去的人不道义，反过来搞垮你的企业，那当然不好。但我们还没有碰到这种情况，毕竟我们还是有感情的。从我这里出去的人，对我还是很尊敬的，过年过节他们总还是要来看望我。相反，由于我们是老熟人，又做同一行业，彼此间的良性竞争，反过来还促进了我们的事业一起发展。"

名冠集团创始人莫志明，办公室里就有一幅自撰的书法："朋友是天朋友是地，有了朋友顶天立地；兄弟是风兄弟是雨，有了兄弟呼风唤雨。"虽然"呼风唤雨"带有桃园结义式的草莽，但是，有情有义的企业文化，对一个企业的兴衰具有关键的意义。商场并非只有冷酷无情的竞争，也有温情的一面。

聪明的莞商，善用人间的温情，使企业员工产生向心力、凝聚力。

19. 东莞的港商与台商

东莞的港商与台商，是东莞的商业教父。他们手把手地教会了东莞农民如何"洗脚上田"。

先说港商，他们的经历非常富有戏剧性，可以说是亲身经历了一场由悲剧演绎为喜剧的大戏。他们本来是由于在东莞穷得没法过日子了，不得不逃港淘金。在他们眼里，繁华的香港是金矿、人间天堂。

那时东莞人不敢直称香港的名字，只心领神会地说"东南角"。晚上，人们只要站在家里的窗口处，就能远远看见东南角的上空，一片灯火辉煌影射出来的红光。人们把逃港叫作"去喝咖啡牛奶"，相比之下，在东莞只能"食粥"，可见两地贫富差距之悬殊，香港吸引力之大。生产队里哪家人逃港成功了，就在家门口燃放爆竹报喜，左邻右舍就说："又一个去喝咖啡牛奶了。"四乡八镇的炮仗声，从早到晚，几乎从不间断。

据相关资料记载，珠三角一带曾于1957年、1962年、1972年和1979年发生过四次大规模的"逃港潮"，而小的、分散的逃港行动则从没中断过。1979年4月起，就像洪水突然决堤一样，东莞爆发了触目惊心的"逃港潮"，仅5月6日这一天，因轻信社会上关于"在伊丽莎白女王登基当天，香港大赦，凡滞港人士可在三日内向政府申报香港永久居民"的别有用心的谣传，就有来自惠阳、东莞、宝安等地7万多名群众拖男带女，呼朋唤友，像数十条凶猛的洪流，黑压压地扑向深港边界线，两个海防前哨不到半小时就被人山人海吞噬了。

有一个细节很有意思，东莞人为了从海上逃港，出现了自发至海上和江河里学游泳的热潮，导致学游泳要用的塑胶枕头（那种吹气的颈套，类似游泳圈）供不应求，到处脱销，人们不得不跑到很远的地方去购买，买者和卖者心照不宣。甚至有的人还想出了"新发明"：把几个避孕套吹成气球串挂在脖子上当救生浮标。

可是，在他们纷纷逃港后不久，中国改革开放大门打开，并以一股强劲的伟力吸纳了世界产业大转移的浪潮。在这股浪潮中，无力承载高劳动力成本的港商纷纷将企业转移到东莞等地，逃港者在香港连打工做苦力的机会都难得。于是，这些逃港者梦想中的金矿也随之移到了内地，他们又淘金回到了家乡。

时空交错，天地移位。命运就这样跟他们捉起了迷藏。他们误以为幸福在彼岸，怎知，幸福的天堂就在家乡！

逃港，是因为渴望摆脱贫困。但后来中国内地发展"三来一补"，吸引了逃港客返乡投资建厂，从某种意义上说又止住了"逃港潮"。东莞官员估计，当时与香港签订的合同中，约有50%是与原来的东莞居民签订的。20世纪80年代末，一位干部曾经这样对媒体说："10年前，我的主要职责就是当'保仔'（保安），防止偷渡和拘扣逃港犯，过去我们把他们当作坏人，但现在我们认为他们富有冒险精神，才能出众，欢迎他们回乡办工厂。"

虎门镇龙眼村的张细，在这个历史转折的关头，就经历了极富戏剧性的一幕。他的父亲早逝，由伯父养大他们兄弟姐妹几个，在土改时，伯父家被划为"破落地主"成分，他们兄弟姐妹也就成了"地主仔女"，成了"地富反坏右"中排第一的"专政对象"。1962年，内地经济困难，广东爆发"逃港潮"，张细的两个弟弟和一个妹妹逃到了香港。张细没和他们一起走,他留在村里当民办教师,到"文革"时,他因"黑七类"成分受到批判,民办教师的资格也被剥夺了。张细只觉得万念俱灰,于是在1971年步弟妹后尘,也偷渡到香港,但他却没那么幸运,被抓住送了回来。

他的弟弟张光也是个逃港客,其时在香港做假发生意,已经是个小老板了。1979年,张光与两个弟弟张铭、张超一起,受龙眼大队招商之邀,以港商身份回乡准备办厂。但让一个逃港客回乡办厂,公社不少干部表示反对。幸好,当时的公社书记是个敢作敢为的开明人,他支持了龙眼大队的行为,"你们大胆放手做,有什么事我扛着"。于是,张氏兄弟利用张氏宗祠做厂房,办起了全国第一家村级的"三来一补"工厂——张氏发具厂,生产假发。

这个当时规模不大的发具厂,开辟了东莞的一个新时代。人们这才想到,原来农村可以引进外资,农民可以当工人甚至厂长,还可以引进外资搞经济,可以用祠堂做厂房。

1999年,中央电视台为纪念中国改革开放20周年,专门到张氏宗祠采访拍摄,把虎门龙眼发具厂称为"当年首先揭开中国农村经济改革序幕、农村步入经济发展快车道的'第一个里程碑'"。

张细对家乡的深厚感情,与日俱增,他拿到香港居民身份证一年后,便返回龙眼村,加入张氏发具厂的经营。1983年,张光移民加拿大,这回张细又不跟他走,而是选择留在家乡,并接过了在虎门、东坑、附城的龙眼发具厂、漂染厂和东莞电器厂,继续稳扎稳打地经营。当时美发行业方兴未艾,到处都在举办美发培训班。张细看准了这个市场,用真头发做原材料,制作练习假发,提供给各美发培训学校使用。

据说,目前全世界约有30%的练习假发,都是由张细的工厂生产的。张细领导着世界上最大的假发生产企业,是名副其实的"假发大王"。

如今,张细旗下的企业已不限于假发生产了,他担任着香港张氏投资有限公司、东莞海龙美发用品有公司、宏达纸品厂、广州金创利房地产开发有公司、东莞君悦国际大酒店（五星级）主席。企业年销售收入超过3亿元。

除了是个商人，张细还是个诗人，痴迷程度之深甚至连买菜做饭都要来一首。他还把自己的一生写成了一本近2万字的诗集《细说》，印刷赠送给了4000多位朋友阅读。

2016年春，张细对前来采访的笔者说："总结一生，可用'最错'和'最对'来概括，最错的是1962年放宽边防时没有逃港，结果是一错十八年，受尽了'文革'之苦。最对的是1985年没有移民他国，才有了今天的成就。"当回首创业往事时，他仍然内心澎湃，神情激动，"那时，没别的，我就靠着一个'敢'字，才有了今天。"

是的，正是这一个"敢"字，让"莞商"从这时起有了新的内涵。大批香港商人追随着张子弥、张光、张细之后，在东莞兴办工厂，他们也成了莞商的一部分，是改革开放后的"新莞商"。

继20世纪80年代前期大批香港企业转移到东莞，到80年代后期，台湾商人开始取代港商的位置，成为进军东莞的主力军，率先登陆厚街的是一批台湾的制鞋企业。从这时起，"莞商"的内涵，再次被更新，数以千百计跨海而来，在东莞打拼的台商，继港商之后，为莞商这个群体，增添了新的血液。

后来担任东莞台商虎门分会会长的郭正忠，就是当年受着虎门前景的吸引，决定到东莞发展的台商之一。当他把自己的决定告诉父亲时，父亲没有反对，只是平静地回答："是吗？好吧，你若想到大陆发展，就得靠你自己，我不会资助你任何资金。"郭正忠点点头，也很平静地接受了父亲的条件，就这样，他带着自己的50万新台币，孤身一人闯东莞了。那年他22岁。

郭正忠在虎门创业，开办成衣工厂，当时虎门对世界服装潮流资讯，还不是很熟悉，他从韩国进货，在虎门生产，销售到香港和台湾。他在回忆往事时说："当时，我是个做成衣的门外汉，也不懂车工、打板，靠的就是一股脑的傻劲。"在吃了不知多少亏，碰了不知多少壁之后，他终于一路跌跌撞撞走了过来。

有媒体说，是郭正忠将台北的"五分埔模式"引进虎门，成为推动"虎门制造"向"虎门创造"转变的台湾力量。但他在接受台湾电视台的采访时，亦不禁流下男儿热泪，他说："说实在的，当时毅然决然地只身到东莞虎门投资，也已有十六七年之久，说到钱，当然一定有赚到，但是，爬得越高，摔得越重，当然一定也会有掉下去的时候。但通常大家都只会选择看到成功的这一面，而另一面，背后的辛酸过程却往往都被忽略了。套个台湾的流行歌名，'心事谁人知'。"《心事谁人知》这首闽南语的台湾歌曲唱道：

心事若无讲出来，有谁人会知，
有时阵想要诉出，满腹的悲哀。
踏入七逃界，是阮不应该。
如今想反悔，谁人肯谅解？
心爱你若有了解，请你着忍耐，
男性不是无目屎，只是不敢流出来。
……

但如果时光可以倒流，让他们重新选择，他们还会来虎门创业吗？答案多半是会的，因为性格决定命运，他们有着挑战困难、劈石开山的性格，便注定了要闯一番天下。

70年的变迁，东莞商人成功密码

第一批台商在东莞抢滩成功后，第二批、第三批台商便闻风而至。一家实力较强的企业登陆了，身后往往跟着一大批中小企业；一家上游厂商来了，几十家下游厂商也会衔尾追随。这种情形，人们生动地形容为"母鸡带小鸡"。

然而，这个过程却是如此艰苦卓绝，第一批在东莞登陆的台商，如今回想当年，仍为之感慨万千。东莞第一家台商企业、万泰光电（东莞）有限公司的董事长张铭烈说："台湾当时还不允许商人到大陆投资，我的资金必须转到其他国家再转到香港，换成香港身份才行。"

一位台商说，他第一次到东莞时，连的士都没有，他买了一辆单车，每天骑着到处跑，寻找商机。连他自己也不无困惑："那时东城非常落后，整个都是小山头，各方面都不方便。我现在经常回想，那时候为什么会有那么大的勇气跑到东莞来？"他就在这个荒山野地，投资了500万元，雇了200多个工人，开办鞋厂。这位台商就是后来担任全国台湾同胞投资企业联谊会首届会长、荣誉会长，中华两岸台商建研会理事长，台企巧集集团总裁张汉文。

东莞厚街鞋业总部基地

那么，他们为什么要放弃台湾的生活，来东莞这么艰苦的环境创业呢？

其实，他们是被台湾不断升值的台币、不断高涨的生产成本，逼得不得不另寻出路，适逢大陆改革开放，开辟了一个近乎无限的市场。正如一位台商所说："这样的未开发地区，实际上对许多怀抱着梦想的人来说，是个充满无限想象的宝地。就因为什么都没有，所以更能够无中生有，重新造梦。"

20世纪90年代，正是许多台湾中产商人在大陆梦想起飞的开始。

对初到东莞的台商来说，这是人生宝贵的一课。而他们就在这里，唱着《爱拼才会赢》的歌，开始织梦，开始圆梦。有一首小诗这样写道：

爱在东莞的台湾人
书写了互相融合的情愫
爱在台湾的东莞人
欣赏着彼此变换的温馨
我的情爱
留在莞香花开的城中
你的美梦
刻在绽放精彩的心里
你我相依
崛起

许多学者认为，台商早期扮演协助在大陆经济动能的"引擎"角色，带着技术、资金及管理，以上、中、下游的群聚方式进入，加上拥有熟练的成功外销模式，因此在几年间就占有一席之地。但更重要的一个原因，是东莞为他们提供了快捷进入的环境与路径。正是由于东莞有一种海纳百川的胸襟，因此不到20年的时间，他们便在厚街这个曾经连一家鞋厂也没有的地方，创造出一个世界鞋业中心。

走在厚街的街头，沿街都是台湾小店，从台中阿文木瓜牛奶、古高雄木瓜牛奶、休闲小站、舞茶道手摇泡沫红茶店、永和豆浆，到各种以筒仔米糕、肉臊饭、贡丸面、草仔粿招徕顾客的食店，就可以知道台湾人在这里人数之众。有几位台湾年轻人来厚街采风问俗，逛了一圈后，惊喜地说："在厚街的台湾生活超市里，可以买到各式各样的台湾食品、零食、饮料、调味料、生活必需品等，让在东莞生活的朋友们与台湾的食品无缝接轨，不用回台湾，就能吃到怀念的滋味，也让本土的东莞人不用远道而行就可以品尝台湾美味。"

在东莞街头，何止有琳琅满目的台湾食店，从宾馆、酒楼，到茶餐厅、大排档，从中餐厅到西餐厅，铺天盖地的粤菜、川菜、湘菜、东北菜、泰国菜、法国菜、意大利菜、日本料理，乃至街头巷尾的粥粉面店、推车走鬼的牛杂档、串烧档、臭豆腐档，永远都是人头攒动，热闹非凡的。这种景观，正反映了莞商对多元文化的接受度。

第一个来到石碣的台湾商人叶宏灯，是东莞台商圈的重量级人物。1989年，叶宏灯在朋友的介绍下，带着投资考察团跨过台湾海峡，来到东莞石碣考察投资环境。石碣当时还很穷，没有工业，四处望去尽是水田，并没有很好的经商环境。

据说，当年石碣人像过大年一样，热情隆重地迎接了他们。"当时镇里的条件极其艰苦，镇政府就把机关食堂向我们开放；镇里仅有的几台车也开出来迎来送往；书记镇长把家里的电话号码都让出来，先给我们装上。"石碣人的一个个细节和热情打动了叶宏灯一行，最终让他们做出了留在这里的决定。

叶宏灯和笔者谈起东莞时，说得最多的就是感恩："很感恩大陆对我的关怀。在大陆，从中央领导到地方百姓，都表现出一种非常豁达的胸襟。这些年来，我感觉东莞人的包容性特别好，跟他们打交道，会感觉很舒服。他们不是盯着我们口袋里的钱，而总是问我们有什么需要帮助的……"

一个叶宏灯，带动了一大批台商来石碣投资，其集聚效应，不但挑起了石碣镇经济发展的半壁江山，还铸造了"中国电子信息产业名镇"的辉煌。

20. 向钱看！向前看！

东莞老板"有米"（有钱），这恐怕是地球人都知道的事实。

"不管一个人是多么貌不惊人，请不要小看，也许他开的座驾就是宝马或者奔驰；不管一个人是多么邋遢低俗，请不要藐视，也许他提的手袋里就放着成捆的人民币；不管一个人是多么土里土气，请不要得罪，也许他就是你的下一个Boss。"东莞本土小说《东莞不相信眼泪》开篇中的名句，就是东莞这个财富城市的真实写照。

东莞人有钱，藏富于民，区区一个乡镇就富可敌省。笔者在世界莞商联合会采访时，秘书处的同志以一种幸福而自豪的神态向我们介绍："东莞老百姓的存款是以年均20%～30%的比例增长的。目前东莞各银行个人存款达到了1万多亿元，如果用数字人口算计，就是人均十多万元。"贾平凹说东莞："工人特别多，钱也特别多。"

"东莞不光是老板有钱，打工妹也有钱。"电视剧《外来妹》的编剧谢丽虹回忆起1989年在东莞体验生活的意外，"采访打工妹时，她们一定要请我吃饭，那时我一个月工资120元，人家已经达到200多元了。"

东莞人有钱，巨富在商。明代万历年间，东莞富商封肖瑜常为皇宫采买珠宝，皇宫资金周转不灵，便打下欠条，再无下文。一幅盖有皇帝玉玺的黄绫上写着：当今皇帝欠东莞封肖瑜银十万两。其实这不是传说，而是一种"官吃民"的潜规则："普天之下莫非王土，率土之滨莫非王臣。"跟皇上做生意，还想赚钱？打个白条、给个名分就不错了。

中国的传统观念是"贵农贱商"。农业是立国之本。然而，受到国家重视的农业，农民偏偏始终在贫困线上挣扎，面朝黄土背朝天；而被国家轻贱的商业，商贾却反而腰缠万贯，家肥屋润。这种现象，包含了某些近乎悖论的矛盾。于是，传统文化不得不灌输给人们"安贫乐道""穷通有命"的观念，要求人们"不戚戚于贫贱，不汲汲于富贵"，鼓励人们把家中的敝帚当成珍宝。儒家文化也教导人们"视钱财如粪土"，甚至瞧不起商人，对金钱好像也有仇似的，讽之为"孔方兄""铜臭""黄白之物"。《世说新语》里那个王夷甫从不言钱，说钱好像脏了口，称之为"阿堵物"。

但这套道德理论，在东莞却没有市场。东莞人从不讳言或遮掩自己爱追逐财富，更不觉得这是一件可耻的事情。相反，他们以富为荣。笔者的微信和QQ好友里，就有几位青年莞商直接截选了人民币百元钞票上领袖炯炯有神的目光当头像，并在签名中引用了香港歌手黄家驹经典歌曲《真的爱你》的歌词："是你多么温馨的目光，教我坚毅望着前路。请准我说声：真的爱你。"其赚钱欲望之强烈，可见一斑，亦让人不禁会心一笑。

人们常常称赞东莞人如何勇敢地冲破儒家"重农抑商"的观念，其实，对莞商来说，谈不上勇敢冲破，因为他们从来就没有信奉过这个观念。他们笃信的是"用贫求富，农不如工，工不如商""工字不出头""钱不是万能的，但没钱是万万不能的"。几百年前，当北方人还在私塾里高声诵读"子曰：君子喻于义，小人喻于利"时，广东已是"富盛天下，负贩人多""四民之中，商贾居其半"了。

自古，朝廷就有种奇怪的逻辑，既要依赖广东人去赚钱，又要蔑视他们赚钱，还暗暗担心他们太会赚钱。"那些狡黠的南蛮子，在五岭之外的海边捣鼓些什么？"于是，一方面，广东人创造的利润源源不绝地输入国库；另一方面，还要背负着"暴发户""唯利是图""见利忘义"等恶名，为圣贤所不屑。雍正皇帝就曾怒斥："在广东本土之人，唯知贪财重利，将土地多种龙眼、甘蔗、烟草、青靛之属，以致民富而米少。"

不过，东莞人对此似乎并不太在意，他们沉默是金，"笑骂由人，洒脱地做人"。如果有时间，他们宁肯去想，怎样才能赚更多的钱，怎样花钱才更有意义。有的人也许对这样的斥责连想都懒得去想，直接开干。"要发财，忙起来。"为赚钱而忙得一塌糊涂的莞商，他们非但不后悔，而且对这种忙得要死的生活进行了热烈的歌颂。歌手李克勤一首粤语歌曲《红日》，将这种精神唱得可谓是淋漓尽致：

命运就算颠沛流离
命运就算曲折离奇
命运就算恐吓着你做人没趣味
别流泪心酸更不应舍弃
我愿能一生永远陪伴你
……

"黑夜给了我黑色的眼睛，我却用它寻找光明。"20世纪80年代是属于广东人的。而莞商，正是那个年代舞台上耀眼的一群人，在"杀出一条血路来""让一部分人先富起来""胆子再大点，步子再快点"的感召下，从他们身上爆发出来的巨大能量，令世界目瞪口呆。一夜之间，计划经济的坚冰被他们打破了，金钱、财富、权力、市场这些概念都被他们重新定义了。

发生在东莞农村土地上的这场巨大的变革，不仅使东莞的百姓收获了实惠，也造就了一个又一个创富神话，一个又一个万元户诞生了！

发财致富,在东莞成了一种时尚和人人追求的目标。1983年春节前夕,东莞县东坑公社有个干部给该公社召开的致富大会赠送了一副对联,上联是"昔日贫为贵",下联是"今日富为荣",横幅是"今非昔比"。

金钱,这个沉睡多年的怪兽,突然苏醒了。在"三来一补""全民经商"之风的吹袭下,红红火火的东莞大地,仿佛弥漫着一种魔力,很多外地人一踏上这片土地,内心就好像有一把火在燃烧,坐也不是,站也不是,头脑昏热,心浮气躁,喝再多的广东凉茶也没有用,总情不自禁地想去做些什么,想去发点什么小财。多少人终日挟着个鼓鼓囊囊的大皮包,四处奔走,逢人就打听:你要办厂吗?你要租厂房吗?你有产品要加工吗?你要土地吗……

而那些洗脚上田,大多开办了小加工厂的莞商,更是一说起生意经就眉飞色舞,从早茶谈到午饭再谈到消夜,谈上三天三夜也没问题。东莞人给别人的印象就是埋头做生意、赚钱,无论去到哪里,一坐下来喝茶就是说有什么生意做。这跟北方很多地方大为不同,朋友之间一坐下来就是喝酒神侃。有人总结戏说,广东人为何爱喝茶?因为广东人重利,喝茶能提神,适合谈生意。北方人为何爱喝酒?因为北方人重情,喝酒能助兴,可喊"哥俩好"。

东莞穷的人不开心,闲的人不自在,所以户户开厂,村村冒烟,个个想创业,人人想挣钱,或许这正是东莞成为"老板之乡"的最直接动因。东莞人认为,打工是暂时的,做老板才是长久的,他们无一例外都有着"老板"情结:有大钱的当大老板,有小钱的当小老板,没有钱的借钱当老板,借不到钱的梦想当老板。在东莞,人人忙着发财,看不到"死蛇烂鳝"(粤语,比喻一个人无精打采,萎靡不振的样子)的闲人。

或许这有些夸张,但重商、亲商、崇商,加上智慧的头脑,永不熄灭的"老板梦",使东莞人敢向市场经济潮头立,奏响民营经济发展的强音。

莞商认为经商亦是人间正道，也从不讳言"一切向钱看"，这是他们秉承的一个观念：有钱才有体面；富贵富贵，富了才能贵；向钱看即是向前看。这让人不禁想起了20世纪90年代初从天津大邱庄传遍全国的一句著名的顺口溜："低头向钱看，抬头向前看，只有向钱看，才能向前看。"1995年，美国《新闻周刊》在一则报道中也这样评论中国："人们在谈论金钱时，不再像过去那样羞羞答答，谁拥有更多的金钱，成了一个最值得炫耀的事情。"这样的表述，真让人怀疑这家媒体的记者是不是到东莞采访后写出来的。

莞商明白，金钱是人类文化历史的一个重要的缩影，金钱是一种文化存在，是一种社会存在。金钱在一定程度上可以衡量、标志、代表所有利益、地位和贡献。莞商亦明白，金钱是一种力量。他们理直气壮地谈钱、赚钱、花钱；毫不掩饰地追求财富、创造财富、消费财富，并充分体味着富足人生所带来的得意和风光。

现代人都想发财，可是有一个真想发财和假想发财的微妙区别。真想发财的人才能发财。莞商说，在金钱上我们从不虚伪，从不遮掩。企业是逐利的，这并不是一件难以启齿的事情，经营者们需要做的只是承认，抛开所有虚伪的托词和掩饰，习惯这个表述所带来的最初的不适。

莞商还明白，在市场经济体制下，价值规律是硬道理，企业所从事的一切经营活动，本质上就是听钱的话。同样，要想在市场中制胜，就是要一切按经济价值规律办事。

如果你批评莞商"拜金主义"，莞商亦会大大方方地承认：我就爱拜金。拜金主义有什么不好？且看当今世界哪个强国不拜金？无数事实证明，只有拜金，才可能最大限度地调动社会的创造力和积极性；只有拜金，才是推动社会进步和创造社会财富的最大原动力。拜金本身并没有对与错，它只是一种对财富支配的欲望，这种欲望能否成为促进社会进步的动力，关键就在于你的社会制度是否具有规范追求财富、消费财富、分享财富的正确、合理的机制。

莞商从不耻于、不羞于谈钱，不但有灵活的商业头脑，还有赚钱的勇气，更视赚钱为事业，当作一生不懈的追求。可以说他们的名言是：不赚钱，毋宁死！走在东莞的每一个角落，连空气中都弥漫着金钱味，民风劲吹"向钱看"即是"向前看"。不像有些地区的人，在做事情谈报酬的时候，有的羞羞答答地说："报酬好说，事情办好了，兄弟姐妹的，什么都好说。"话是说出口了，但钱呢？到底要还是不要？不知道。有的则说："别谈钱，谈钱伤感情。"可是一旦事情办完了却见不到钱，友谊的小船可能说翻就翻。但是，从另一个侧面说，这反映了这些地方的人重义轻利的心态。豪放大气、不拘小节的北方人对精明干练的莞商是怎么看怎么不顺眼，认为他们过于斤斤计较，是小肚鸡肠的表现。

莞商则不以为然，在商言商，既然是商人就要追求效益的最大化，要实现最大的经济效益，就必须锱铢必较，而不能大而化之，更不能含糊其词。

莞商往往会很直白很诚恳地说："这事做成了，你应得××报酬。"在不少北方人眼里，东莞人太现实了，怎么开口闭口都是钱，谈起钱来，眉飞色舞没遮没拦、没完没了。但是，他们很多人也羡慕东莞人，希望自己也能有钱。一分钱也会难倒英雄汉嘛，这年头没钱哪行？唉，真纠结！咋整？

君子爱财，没有什么不对，财是养家糊口之源，只要取之有道就行了。这是古圣贤的教导。个人赚钱的动机是高尚的还是龌龊的，并不重要，它不会影响一个社会的道德水平，最重要的是赚钱的规则是否完善。规划的好坏决定一个社会的好坏。当社会患上种种疑难杂症时，不能怪人们贪婪、自私，怪只能怪没有一套好的游戏规则。

"种田钱万万年，手艺钱数十年。生意钱眼面钱，机会钱一捧烟。"这句顺口溜，是华新丽华创始人焦廷标留给儿女的创业真经。这位从台北新庄的一亩三分地,到跨越两岸的传奇巨商,对于赚钱创富,他看作是做人做事的一小部分。"真功夫、真本事才能细水长流,源源不断。"对于求财创富,焦廷标还有一个观点:求利要求天下利。在他看来,眼前看得到的利益有限,企业经营眼光要远,要盯着"天下";做人做事格局要大,也要盯着"天下",对他人、对团体、对社会、对国家皆有影响及贡献。

而在莞商叶焕荣的潜意识里,"为富不仁"是他所鄙视的,"乐善好施"是他所推崇的。叶焕荣在各种公开场合总是这样直抒胸襟:"人没有钱是不行的,但为钱而活是可怜的。会赚钱还要会花钱,这才是一个真正意义上的企业家,否则就成了守财奴了。取之社会,用之社会,这是荣业行的毕生追求和终极使命。"

莞商的消费观念比较保守,他们习惯于有多少钱,办多少事;既不愿意向别人借钱,也不轻易借钱给别人。举债是一件非常不爽的事,不借债一身轻,不放债也同样一身轻。莞商对财富一向保持低调,不喜欢炫耀,他们有一种根深蒂固的心理:富不露财,贵不张扬。莞商把个人财富视作最重要的隐私之一,向一个不太熟悉的人打听他的收入,就像打听女子的年龄一样,是一件非常不礼貌的事情。

莞商认为,赚钱是一门哲学,一种人生态度。莞商精于赚钱之道,这是众所周知的。他们做事讲求效率,也是全国闻名的,为外商投资设立"一个窗口,一个印章"的"一条龙"高效服务便是一例。莞商信奉"力不到不为财"的道理,无论做什么,都有一种时间不等人的紧迫感,终日奔波忙碌不已。他们经常叫苦连天,说自己"得闲死,唔得闲病"(忙得要死,连生病的时间都没有)。人们用"滚水渌脚"来形容他们做事情动作节奏之快,就像被开水烫了脚似的,连蹦带跳一溜烟地跑。

其实,莞商做事并不乱冲乱撞,而是很有计划性,预先设定好目标，然后全力以赴，目不旁视，一心一意朝目标奋进。做事计划性强，并且能贯彻始终，就是效率的一种体现。

在莞商中，我们可以听到各种激励人快马加鞭、勤奋上进的俗谚："行得快，好世界""唔辛苦点得世间财"（不辛苦怎么能得到世间财富）；"执输行头，惨过败家"（行动慢半拍的人，比败家子还要糟糕）；"早行早着，迟行训唔着"（早行动早收益，迟了会后悔得睡不安）。这种凡事要抢占先机的拼搏精神，渗透在莞商的生活哲学之中。

如果只是为了赚钱而赚钱，把赚钱变成人生目的，那就反客为主，被金钱操纵了生活。很多莞商做生意能够超越成败，具有大将风度。他们不管做多大的生意、多少资金进出，都说是"湿湿碎"（小意思）啦，不会太过大惊小怪。莞商虽然信奉时间就是金钱，效率就是生命，但并不把效率视作目的。提高效率并不是为了让人们更加繁忙，而是为了能悠闲地生活，三年耕必有一年之食。

在传统的莞商中，不乏学富五车的儒商，不以聚敛财富本身作为人生的目的。人们嘲笑商人缺乏艺术细胞，但在莞商的心灵中，做生意就是一种艺术享受，就像是一盘棋，一幅山水画，一首曲子，一株形态峥嵘的古木，一个盆景，一座曲致幽深的庭园，甚至是一种人生态度，是一门哲学。莞商有两句口头禅，非常值得欣赏，一句是"钱系稳唔晒嘅"（钱是赚不完的），另一句是"钱稳返黎系使嘅"（钱赚回来是要花的）。这是莞商赚钱哲学中的金玉良言。

莞商都是现实主义者，经验老到，精明、冷静、淡漠，对于赚钱的机会，有着天生的敏感，而且是谈判行家。然而，这并不意味着他们是冷酷的赚钱机器。在莞商的生意经中，有一句至圣至明的格言：天下的钱是赚不完的。为了自己能赚到更多的钱，就必须让别人也赚到钱。因此，莞商做生意，"只为求财，不为求气"，最好能够和气生财、大家开心，非到万不得已，绝不做出格之事。

这种品质，并不是根据什么理论修炼而来的，而是出于善谋自存的本能。假如询问莞商能够和别人一起做生意的诀窍，那么他会温和地笑言：这个世界，有钱大家揾。其实做生意和做人一样，切忌锱铢必较，寸利必得，算盘打得太响，一切便宜都是我占，一切亏都是你吃。赚一笔就走人，抱着"钱到我手，过了海就是神仙，不管你洪水滔天"的心态，生意做完了，大家也就成仇人了。这与莞商做人和做生意的原则，格格不入。

莞商善于妥协，善于让利，他们喜欢把"唔啱倾到啱"（不合意谈到合意）这句话挂在嘴边，意思是存在分歧不要紧，只要大家有诚意，互相让步，能收能放，慢慢磨合，总会找到双赢的方法。这是一种高级的艺术。

在生意场上，莞商的心态，一向是只算自己那盘账，并不在乎对方赚多少，只要觉得"有数为"（合算）——自己的付出与回报有一个合理的比例，就算成功了，绝不会妒忌对方赚得比自己多，甚至还有意让别人赚大头，"骨头自己吃，肉给别人吃"。当初引进港商、台商来东莞投资建厂时，没人去眼红大头给他们赚走了，自己只得少许加工费，而是拼命干好自己的活以求多赚点。日之泉创始人林志伟曾说："我跟对方合作，只有我能挣钱，人家不挣钱，这种生意永远没的做，永远没的做就永远挣不到钱。"

曾任东莞市委书记的李近维曾风趣地对前来东莞投资的外商说："东莞是一块非常肥沃的草地。东莞人非常勤劳去种草，你们就在这里养牛吧。我们绝不宰牛。我们那么勤勤恳恳去种草，也就是为一杯牛奶而已。"

俗话说"杀头的生意有人做，赔钱的生意没人做"。有人把中国的广东人、上海人、山西人、香港人和日本人的"生意经"，做了一个有趣的比较：山西人是你赚了我不干；上海人是你赚得比我多我不干；广东人是只要有点赚我就干;香港人是只要不亏我就干;日本人是眼前有点亏将来有得赚也要干。

莞商深谙这个道理,一个地方要保持长久的活力,就要持开放的态度,不断求新,不断求变,不断有新鲜血液的加入,社会才有进步。东莞人常说:"拜得神多自有神庇佑。"这就如同一种长线投资。打开大门,欢迎三江客,广纳四海财,有钱大家一起赚,表面上好像损失了一些市场份额,但从长远看,只要有好的游戏规则,蛋糕是可以愈做愈大的。

在莞商看来,最重要的不是生意赚多赚少,而是公平与否。所谓"米贵大为是"(米贵对大家都一样的),贵也不是贵我一个。恰恰由于他们有这种从容、大度、平常心,所以生意的成功率反而比别人高,赚的钱反而比别人多。

我们常常听到莞商在谈判桌上说:"一人让一步吧。"如果实在谈不拢也不要紧,买卖不成仁义在,交个朋友,希望下次还有合作的机会。莞商总是把建立长期合作关系视为首务,哪怕一次赚少一点,甚至亏一点,也要争取每一个回头客。尽可能在激烈的竞争之中,得到一个皆大欢喜的结果,这样生意才能越做越大。

"钱系揾唔晒嘅",这句话在莞商口中,通常不是用来劝人安贫知足,也不是生意失败时的自我解嘲,而是在红运当

第二届莞商会上的交接仪式

头、财源滚滚的时候，用来提醒自己的。它包含了某些老庄式的智慧。真正的幸福感，不在于你已经很有钱，而在于这种富有，能够使你有充分的余暇去欣赏生活中的诗情画意，关注你的家人，陪孩子郊游，看看孩子的功课，参加家长会，品尝一下妻子的厨艺，"例牌"（惯例）和朋友叹早茶"一盅两件"（粤语，指一壶茶两碟点心），参与公益慈善活动，参观艺术展览，听音乐会……

一张一弛，这才是一种豁达、快意的人生。

不过，在莞商的生活中，亦有一些看似"另类"的"享受"，让人啧啧称奇。宜安科技董事长李扬德，虽然是一个拥有上市公司的亿万富豪，但从不以富为荣，而最爱"炫耀"他的一个兼职身份——"教授"。从2009年起，搞技术出身的李扬德被上海交大、华中科技大学等5所高校聘请为教授，主讲专利知识、物料特性、工艺技术和成本分析四门课程，甚至还成为北京科技大学的博士生导师。

让人难以理解的是，李扬德常常"不务正业"，放下公司工作，把管理和经营交给自己信任的团队，自己飞到北京、上海、武汉等地传道、授业、解惑。来回机票动辄三四千元，全是自个掏，而他讲课一个小时才100元报酬，李扬德却乐此不疲，"我想当老师，我享受把自己的知识传给他人的过程"。与李扬德一样乐为人师的企业家，还有中能建控股集团董事长王莉明，他于2012年12月被中国人民公安大学特聘为副教授。

莞商会赚钱，也识享受，他们的人生态度可用两句粤语概括，一是"搏"（拼搏）；二是"叹"（享受），推崇"认认真真做事，忙忙碌碌赚钱，潇潇洒洒享受"。"钱揾返嚟系使嘅"，生动地反映了莞商的金钱观、消费观。

致富了的东莞人喜欢旅游，从1994年的北京包机，到1996年的泰国包机，均成了国内旅游界轰动一时的新闻，引发国内外数十家媒体的跟踪报道。1994年至1998年，东莞的旅行社生意是非常好做的，热点线路经常爆棚。比如，东莞中旅1994年营业额就达到了3亿多元，代表事件正是这年春节东莞中旅的"包机游北京"。1997年，东莞兴起了澳大利亚游。大量东莞人集体出游，竟引起了澳大利亚官方的高度警惕，怀疑有移民倾向，经派人专程来东莞做调查了解后，方放松对东莞的签证。

莞商最不介意穿无牌货，也不介意买换季减价货，他们不会为了摆阔而穿一身名牌，甚至连西装也不喜欢穿，除非要出席什么正规场合，或者某些行业不得不把西装当工作服穿，否则他们宁愿穿Ｔ恤，他们只要舒适与自在就行了。

再说开销，莞商的购物消费，从不吝啬花钱，不过他们不会为了满足虚荣心而花钱。财不可露眼，炫耀自己有钱是十分幼稚和愚蠢的。钱要花在更实在、更实惠的地方。朋友相聚，喜欢到大排档或特色风味店吃饭，轻松随意，吃得开心；不喜欢到高级酒楼，虽然装修豪华，服务周到，但欠缺了大排档那种热气腾腾、新鲜热辣的感觉，被他们讥为"食装修"。逛街购物，喜欢讨价还价。酒楼吃饭，宁可"孤寒"（吝啬），决不"摆款"（铺张），剩饭剩菜一定要打包。唯一特别的是，许多东莞富人喜欢到香港购物，不仅买奢侈品，而且连酱油、盐等小食品，都爱开着小车大老远地过境到香港买……

印度有一句古谚语："播种行为，收获习惯；播种习惯，收获性格；播种性格，收获命运。"性格即命运。对一个人来说如此，对一个族群来说也同样如此。曾经有记者问美国的金融巨头摩根："决定你成功的条件是什么？"摩根回答："性格。"记者又问："资本和资金哪个更重要？"摩根再次强调："资本比资金更重要，但最重要的是性格。"

这对我们探讨莞商的命运，有很好的启发意义。

莞商的性格是低调务实。"大路朝天，各走一边"，他们没兴趣与人争一日之长短，甚至当初连"三来一补"到底姓"社"姓"资"的讨论都懒得多嘴，不空谈，扎实干，以自己的智慧来应付上面的政治，发展自己的生产。

这种实干家的性格，成就了莞商中的一个个赚钱高手。而有钱了的莞商，也抖搂了身上的泥土味，迅速提升了自身素质。一位已在东莞经营酒店业近30年的港商对笔者说："我亲眼看到东莞的农民变成了老板，看着他们的素质在一年一年提高。他们慢慢知道注意穿着，开始西装革履。他们进酒店像个绅士一样，所以你现在根本就认不出他们当年曾是农民了。而且那些农民很多人又开始做生意，十几年下来，他们完全不一样了，气质也变了，整个人都换了个样。这点给我的感受太强烈了。"

谁说东莞人的这种变化不是由财富带来的呢？财富会改造一个人，如同富强会改变一个国家、一个民族一样。这样一想，你也就不难理解东莞人为什么这么直白而急迫地要赚钱了。

改变自己、改变生活，便是莞商置于金钱目标之上的精神原动力。

"天下熙熙，皆为利来；天下攘攘，皆为利往。"此话虽是司马迁心中对天下人的写照，但可能更多的人会认为这更符合商人的形象。然而，许多商人的人生绝非只是逐利的人生，他们之所以一直被后人记住，并非是因为他们获取了可观的金钱财富，更多的是因为他们的思想智慧给人以启迪，他们的精神给人以震撼，他们的品质让人崇敬，他们的所作所为给社会带来了进步与积极影响。

比如王金城，由于其为人从商品格之高，如今，"大哥城"虽已不在江湖，但江湖处处有"哥"的传说。

21. 莞商是这样的人

莞商是一群特别务实的人。

广东人的务实是出了名的，而莞商可以归入广东人里最务实的那一群之中。不做，永远是空的。东莞市绿通高尔夫观光车董事长张志江也说："有梦想，才会成真；敢去做，才会实现。"他还把宏大的梦想化作了务实而具体的工作目标：日日要有新进步，月月要有新招数，年年要有新思路。

东莞的石龙镇，是国家星火技术密集区、国家信息化试点镇、国家电子信息产业基地，也是东莞的门户。如果说，它今天的辉煌，是从40多年前加工小小的钥匙扣起家的，有多少人会相信？但当地的人们当年确实是在几间知青农场的旧瓦房里，办起了第一家"三来一补"的钥匙扣加工厂，迈出了从农业社会走向工业社会的第一步。

有人说，广东人会生孩子，不会起名字。莞商创造的许多新观念、新思维，走出了许多新路子，改变了世界对中国的观瞻，但由于性格一向低调、务实，讷于言而敏于行，习惯于用"事实胜于雄辩"来避开争论，不懂得掌握"政治论述"的主动权。因此，尽管他们为学者们的创意立言提供了极丰富的素材，自己却常被人视为暴发户、土包子，被讥为除了钱什么都缺的土豪。

令人奇怪的是，很少听到莞商为自己辩护。媒体去采访莞商，他们往往会说:"谈企业可以,谈我们就不必了。"

"呵呵,那就谈企业吧。面对人们说莞商是暴发户,没文化,你们有什么看法?"

面对提问,莞商总是笑而不语。被问多了,他们便自嘲地说:"我们就是'乡下佬',是没文化。嘴长在别人身上,爱说什么就让他说吧。有鸡啼天光(亮),冇鸡啼天亦光(亮)。"

然而,"乡下佬"有大思维。谁说莞商没文化?谁说莞商不懂政治?"东莞模式"所引发的讨论,不就是一个深刻的政治论题吗?人们常常慨叹广东是中国的南风窗,吹的却是"穿堂风"。广东人生的孩子,却要北方学者给他起名字,似乎很可悲。其实不然。风是从广东刮起来的,是广东人把这股改革之风吹向全国的。

莞商不喜欢过于宏大的叙述、不喜欢大鸣大放,不喜欢出风头、抢镜头,他们在实践中喝到了"头啖汤"(粤语,第一口汤,比喻率先尝试),得到了最大的实惠,这就够了,着实是"有肉藏在碗底里"。所以,他们宁愿在生活中保持着一种平稳而恒久、不急不躁、细水长流的状态。谁起名字不重要,重要的是这孩子已经呱呱坠地,茁壮成长,这就是最大的文化。

在笔者看来,"文化沙漠"是强加在东莞头上的一个子虚乌有的东西,就像《西游记》里的"唵嘛呢叭咪吽"符咒一样,压得齐天大圣都翻不过身来。其实揭下这道符一看,什么也不是,破纸一张。

莞商是一群特别勤奋的人。

广东有几个粤语方言,很能反映广东人的勤奋和拼搏精神,比如"擒青""搞掂""顶硬上""唔好讲耶稣",甚至是"搏晒老命"。有此精神,故广东人不怕"食头箸",也就是"敢为天下先"。事实上,改革开放以来东莞的经济腾飞,在很大程度上就有赖于这种精神。

但是，有一个很奇怪的现象，曾经在某些人的印象中，广东当地人很多都是游手好闲、好吃懒做的，东莞人更是如此。一位在东莞打工的人说："不少东莞人都好逸恶劳，没什么能力。我在东莞待过几家工厂，那些本地厂长给我的感觉，好像每个月白白地拿几千元，也没干什么事。干活的都是外地人。"这种说法，一传十，十传百，以讹传讹，成了曾参杀人、三人成市虎故事的现代版。

而当有人听到东莞人说自己为了生计忙得"滚水渌脚"或是"搏晒老命"时，不肯相信，如果竟证实是真的，便大大地惊讶：这与传说中的东莞人每个月不用工作就可以分很多钱，相差甚远啊！

受这种莫名其妙的印象影响，东莞人仿佛与"二世祖"画上了等号，靠出租房屋田地赚钱，成了早茶晚酒饭后烟，吹吹水，打几圈麻将，就把一天打发掉的"大食懒"（好吃懒做的人）。

其实东莞人最讨厌"大食懒"。当地甚至还有个"卖懒"的年俗，把"懒"卖掉，人就勤快了。除夕上灯后，给每个小孩一个红鸡蛋，点着一炷香，让他提着灯笼，到街头巷尾去边走边唱道："卖懒，卖懒，卖到年三十晚，人懒我唔懒……"

东莞在20世纪80年代初就开始工业化转型，那时还没有多少外来人口，改革开放后第一代的外地劳工，都是往深圳跑，往珠海跑，还没多少人知道东莞。但是，"天下者我们的天下，东莞者我们的东莞"，洗脚上田的莞商，义不容辞，扯起大旗，毅然上路，充当起开路先锋。他们开基创业，修公路、建码头、盖厂房、招商引资、铺路搭桥，手胼足胝，艰苦打拼，为后来的创业者打下了坚实的基础。

东莞人有一句名言叫"顶硬上"。这句话是明代莞人袁崇焕的口头禅，也是莞商精神的核心价值之一。只要认准了方向，他们自有一种"铁打心肝铜打肺，立实心肠去挨世"的毅力，无论路有多难走，硬着头皮也要走。

一位在长安镇经营五金、建材的莞商，经过十几年的奋斗，已拥有一家颇具规模的公司，与十几个国家和地区有生意来往，在记者问到他的成功经验时，他竟掉下泪来说："如果让我把走过的路重新走一遍，我绝对没有那个勇气，我会疯掉的。当时真不知是怎么熬过来的。"

莞商不太善于为自己评功摆好，但他们就这么熬过来了，不畏风雨，不惧崎岖，一步一个脚印，硬是把弯弯曲曲的乡间小道修成了高速公路，把芳草萋萋的河海滩涂变成了世界物流中心，把编织草席的小作坊升级为高端电子信息产业基地。

无数的莞商以自己的汗水，肥沃着故乡的每一寸土地。东莞就像一台开足马力的发动机，为中国经济改革的历史车轮提供源源不断的动力。他们的努力和艰辛，历史自有公正评价。

"天道酬勤是真理，一分辛劳一分财。"东莞市广强建筑基础工程董事长兼总经理赵志强、副总经理赵容广兄弟俩的人生信条，就是莞商勤劳致富最好的注释。他们从七八个人的小建筑队做起，经过40多年的拼搏，发展成为员工400余人、年产值5亿多元的东莞建筑基础工程行业龙头企业。每逢公司年会，兄弟俩必登台合唱《广强之歌》，其兄弟手足之情，拼搏之心，在东莞传为佳话。

莞商是一群特别敢闯的人。

在谈论广东人的性格时，人们常会提到"敢为天下先"，这也是莞商一种鲜明的文化精神。马来西亚的莞商张建华谈起他的生意经时，就一再强调他的"四个敢于"：敢梦、敢说、敢做、敢于失败。

在中国文化传统里，"敢为天下先"原不是什么好事，老子说："吾有三宝，持而保之。一曰慈，二曰俭，三曰不敢为天下先。"但现在时代不同了，敢为天下先成了一种美誉，广东人说自己敢为天下先，湖南人也说自己敢为天下先，上海人也说自己敢为天下先，宁夏人、青海人、甘肃人也都说自己敢为天下先，大家都争戴这顶桂冠。

追根溯源，这种文化观念的转变，最早出现在鸦片战争时代，虎门销烟的一把火，把千年的天朝幻境烧出个大洞，人们幡然醒悟，中国再不能这么弱下去了，中国再不能这么贫穷下去了！在这天地变色、日月无光的最后关头，南方兴起了变革维新思潮，一批有志于富国强民的改革者，从南方出发，走向全国，大发求仁之义，而讲中外之故，救中国之法。鸦片战争迫使中国从一个封闭的、宗法专制的国家，开始向现代国家转型。广东在这个转型过程中，起着一种历史枢纽的作用。

因而，一位学者慨言："近百年来，中国所以危而不亡，主要靠湖南、广东人物的努力。"

到20世纪80年代初，改革开放来临。以东莞、番禺、南海、顺德、深圳、珠海等珠江三角洲地区崛起为标志，一种新的价值信念由此成形，风靡全国。当初珠江三角洲有两个经济特区：一是深圳；二是珠海，加上省会城市广州，可谓三足鼎立，气势如虹。

东莞不是经济特区，却义无反顾地充当起改革开放的"排头兵""桥头堡"，莞商用他们的铁肩，扛起漫天的风雨。中央和省里没有给予的政策，东莞全力去争取；中央和省里已经给予的政策，东莞用足用透。正是在"敢为天下先"信念的推动下，莞商办起了全国第一家"三来一补"工厂，从此改变了中国。

不依古法但横行，自有云雷绕膝生。翻开改革开放这部沉甸甸的历史巨著，无论是财政、税收、金融、物价、外贸、流通体制的改革，还是劳动制度的改革和农业结构的改革，几乎在每一篇章、每一段落，都可以看到莞商摸索前行的身影，他们为历史提供了一个极具参考价值的改革范本。

莞商的敢闯，还体现在闯南闯北，不畏竞争，勇于竞争的胆略上。20世纪80年代以前，东莞的工业基础非常薄弱，这群"番薯屎都未屙清"

（粤语，意指农民的习气未去）的农家子弟，就敢把自己的产品拿到上海，在最高级的第一百货公司开展销会，而且还大获成功。这简直是天方夜谭。

上海是什么地方？那是近代中国商业城市的"拿摩温"（Number One），号称"十里洋场"，是多少商人眼里的"黄金帝国"，但莞商就这样不知天高地厚地带着一身泥土味闯进来了。作为广东经济崛起的象征，曾令广东人无比骄傲的"广货北伐"，莞商是最有竞争力的先头部队之一，充分发挥了"过河卒子当车使"的作用。

在敢闯的同时，莞商还积极参与广东对口支援新疆的工作，30多家莞商企业进驻投资，并成立了世界莞商联合会首个国内分支机构——喀什分会。

莞商不仅敢闯国内市场，而且从一起步开始，他们就自觉地、主动地把自己置于国际市场的大舞台上，敢与国际大商家、大企业一争短长。东莞的经济以外向型为主，几乎都是面向国际市场的。莞商根据不同的市场打不同的牌，有些是依靠劳动力优势、成本优势，有些是依靠规模优势、技术优势，有些是依靠管理优势、人才优势，有些是靠自己开山劈石，有些是靠借船出海，总之各施各法，拓展各个不同层面的国际市场，把"东莞制造"的招牌，打遍全世界。

莞商的足迹，还深深地印在"一带一路"上。早在2007年，莞商、新文传媒集团总裁黄创基就大胆"走出去"，在泰国建立了华语电视台东盟卫视（MGTV），收视信号基本覆盖整个东半球。2012年，"中国女鞋教父"、莞商张华荣挺进非洲埃塞俄比亚建成鞋业王国。在张华荣"杀出一条血路"后，郑桂珍、方锡波、方广华、彭苏华、曾解林、陈贵、黄妙、"开心"（应其要求使用网名）等莞商纷纷效仿，抱团闯非洲、走中东，在遥远而未知的异国他乡安营扎寨，投资建厂。2016年5月，唯美集团对外宣布，将投资1.72亿美元在美国田纳西州建厂，这是中国首个赴欧美投资的陶瓷企业，也是东莞土生土长的民营企业中首家赴美投资建厂的企业。2016年7月，东莞在南非和迪拜设立两大境外展销中心助力莞商"走出去"，共有1000多家东莞企业及唯美陶瓷、玉兰墙纸、华尔泰铝塑板，以纯服装、新景泰服饰等50多个知名品牌入驻展销。

莞商的敢闯，还体现在超前意识和开拓精神上。有一种尚无考证的说法：远的来说，东莞人的祖先有一部分是古代流放到此的官员，之所以遭流放，是因为那些官员思想开放、敢说敢做，甚至还敢顶撞皇帝；近的来讲，东莞有不少人是1949年南下的解放军留下的，这些人也是很有开拓精神的。无论这个说法是否有道理，莞商的闯劲依旧让人不得不佩服。

莞商敢闯，却不是鲁莽蛮干的"傻大胆"，而是做事讲究"稳稳阵阵（稳扎稳打）"。比如做生意，莞商从不好大喜功，既尽力而为，又量力而为。莞商、金城营造掌门人王国强说："生意场上，我所理解的敢为人先，不是没钱也敢借几百亿元，而是在能力之内精益求精。所以，我有1元，我就只做1.1元的生意，不会冒进，永远有钱留在银行，随时预备出粮。"

莞商是一群特别聪明的人。

聪明、灵活，这是广东人的一大特点。为什么会有这个特点？也许要从他们的基因上做一番探究。中国历史上几次大规模的移民潮，几乎都是从北往南移的。秦始皇征服岭南之后，南征大军在当地安家落户，开边殖民。沿着秦军入粤的路线，从西江向珠江三角洲扩散。后来秦二世又派了一批妇女到岭南为驻军缝补衣服。这是中原人口第一次大规模南迁，他们与当地的越族人结合，开枝散叶，繁衍子孙，形成了岭南地区最大的族群——广府民系，也就是东莞人的祖先。

从秦亡汉兴、安史之乱、残唐五代，到北宋末、南宋末，大量的北方人进入岭南，落地生根，传衍不绝，不断为当地族群注入新鲜血液，

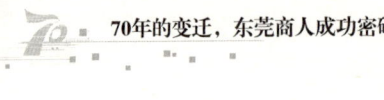

东江支流上的龙舟竞赛

印证了一种说法：血缘愈远的人结合，他们的后代愈聪明。移民愈多的地区，经济、文化、社会也会愈活跃，纵观世界，莫不如是。

莞商聪明，还有一个原因是一方水土养一方人。东莞地理上靠着大江大海，向内有东江相通，向外有大海相接，境内河汊纵横，交织如网，文化带有很鲜明的水的印记。具有包容性、流动性、灵活变化，顺则有容，逆则有声，都是水的特点。莞商的性格，也是如此。

当年人民音乐家冼星海在创作《黄河船夫曲》时，把广东民歌《顶硬上》的旋律融入其中，他说："广东因为近海，人比较聪明，在音调旋律方面受到外国一点影响，但有爽直、流利、热情、很甜的气味。"所以，孔子说"仁者乐山，智者乐水"，是有几分道理的，说莞商是乐水的智者，亦未尝不可。明代理学名臣丘浚曾称："岭南人才最盛之处，前代首称曲江，在今世则皆以为无逾东莞者。"

莞商有一句口头禅，就是"冇问题"（没问题）。你和他们说什么困难，他们都会气定神闲，淡定回答："冇问题。"尽管有时问题"压力山大"。当初全国第一家"三来一补"工厂——太平手袋厂，就是这样办起来的。港商拿个款式时髦的手袋样板来，问他们能不能用一个晚上，造出完全一样的手袋。那些从来没做过手袋的东莞人，竟一口答应："冇问题。"经过一晚折腾，他们果然把手袋造出来了。港商大喜过望,说要在这里开一家手袋加工厂,那些一无资金、二不懂管理、三没有销售渠道的东莞人,又是干脆地答应:"冇问题。"

莞商凭什么"冇问题"?就凭着目光如炬,嗅觉灵敏,善于捕捉市场的空位,一有机会就上。在东莞产业转型升级的关键时刻,劲胜、凯格、长盈、伯朗特、智衍、拓斯达等公司纷纷启动了"机器换人"战略,不但用机器人解决了用工荒,极大地提高了企业效益,还对外产出机器人及智能设备,实现了由"人口红利"到"机器人红利"的转变。而眼光独到的莞商"玩具大王"、龙昌国际董事长梁麟则说:"我做的生意都是别人做不了的。看准了项目就大胆上。等到别人都做的时候,我早就转行或淘汰不做了。"

莞商做事聪明而"醒目"(机灵),只要路口没立着"行人止步"的牌子,他们就要迈开步子走一走,没准路就让他们给走通了。商场如战场,先到为君,后到为臣,能喝"头啖汤",就是真本事。所谓有条件要上,没有条件创造条件也要上。这句口号人人会喊,但"创造条件"这四个字,千钧之重,不知包含了多少智慧、勇气和艰辛在里面。

有人总结莞商的行事风格是"非禁即入",确实如此,改革开放初期广东有一句流行语:"遇见绿灯快步走,遇见红灯绕路走,没有灯时摸着走。"讲的就是广东人善于利用政策发展经济,善于创造条件变着法子经营,决不观望止步。

莞商认为,一定要走,陆路不通走水路,水路不通天上飞。

总之,决不停步!

当时,中央要求"摸着石头过河",也就是说,没有现成的经验可资参考,也缺乏成熟稳定的制度保障,一切靠自己摸索。在社会艰难的转型过程中,风舵经常出现摇摆转向,各种利益矛盾错综复杂,东莞每走一步,几乎都会引起各种争论甚至非议。

莞商最大化地发挥了聪明才智,遇山开路,遇水架桥,前面没有路，就自己开一条路。他们不是"冇问题"，而是有什么问题就解决什么问题，随机应变，见招拆招。他们把世界上最有钱的人吸引到东莞来投资，把全国贫困的人口吸引到东莞来打工，成就了东莞的辉煌。

于是有人感叹："要以此说东莞是国内一等聪明的城市也无不可。"

莞商是一群特别低调的人。

务实与低调几乎可以说是孪生兄弟。务实的东莞人不太懂得争"话语权"，这一性格特点，与生俱来。福建人陈振龙在明代引进了番薯，又是请官府推广，又是著书立说，又是盖先薯祠，大锣大鼓地宣传，还请历史学家详加考证，描画出番薯从福建传向北方的路线图，弄得满天下的人都以为福建人是种番薯的鼻祖。在百度百科里，陈振龙被冠以"甘薯之父"的名号。

其实，闽人引进番薯比莞人晚了十几年。可东莞直到2011年，才在虎门为引进番薯第一人的陈益立了一尊塑像。由此可见，莞商之低调，由来已久。

同样，全国第一家"三来一补"工厂的名号谁属？顺德、南海都来争，东莞人却因拿不出当年那个"粤字001号"的企业牌照来做证，使这个"第一"至今仍有争议，这就是他们低调惯了的结果。

很多年来，莞商都以低调的方式表达着对这个商业世界的态度，在他们身上，明显能感受到一股无形的力量，这股力量左右着这一群体独特的世界观。莞商似乎都信奉"人怕出名猪怕壮"的信条，不想出名，害怕出名，不愿意站在聚光灯下，不喜欢成为舆论关注的焦点，有媒体总结出他们的特点是："掌声响起来，马上躲起来。"

在胡润的中国富豪榜上，东莞与深圳、广州、北京、福建、武汉等地并称"中国五大富人聚集地"，但唯独东莞让胡润大感头痛，对媒体记者诉苦说：在对广东富翁的调研中，东莞的难度最大，主要是东莞富翁太低调。事实上，那些被列上胡润富豪榜、福布斯富豪榜的东莞富商，几乎没有一个是乐意的，张茵、莫浩棠等上榜莞商甚至还发律师函表示抗议，更不用说主动配合了。

说起莞商的低调，人们往往津津乐道，并举出很多有趣的例子。举例说，在东莞，很多穿着沙滩短裤，趿着凉鞋，开着辆十来万小车的人，其貌不扬，却是身家亿万的富豪。又比如，当你在街边吃牛杂时，站旁边和你一起吃得津津有味的，说不定是坐拥五六家酒店的大老板。还有一个茶余饭后常被人说起的故事：东城有个老板，人们盛传他起码有60亿元的资产，当记者问起时，他谦逊地回答："太夸张了，哪有60亿元！顶多40亿元。"

东莞庆祝中华人民共和国成立70周年

务实、勤奋、敢闯、聪明、低调——莞商就是这样的人吗？似乎仍是盲人摸象，仅有局部轮廓，模样尚未清晰。那么，再来看看世界莞商联合会2015年拍摄的专题片《我们在路上》，是如何描述莞商的吧——

莞商，是中国改革开放的先锋，是东莞绽放精彩的推手，他们低调务实，敢为人先；他们诚信厚道，忠厚仁爱；他们默默苦干，低调深耕版图；他们熠熠生辉，高调回报社会。他们是东莞人的杰出代表，一个造福社会的精英群体，一股驱动时代的文明力量。不论是坐立莞邑，还是飘零海外，他们永远心怀乡梓。不论是富甲一方，还是富可敌国，他们总怀报国情深。潮起潮落，他们永立潮头，沧海桑田，他们屹立东方。他们拒绝沉湎于成绩，追逐梦想永不止步，他们从不迷恋过去，开拓进取生生不息。他们总是踏着时代的节拍，永不知疲倦地奔跑在成功的路上……